MBO
マネジメント・バイアウト

牛島　信

幻冬舎文庫

MBO

マネジメント・バイアウト

プロローグ

「以上をもちまして、本日の取締役会は終了となるところでございますが、今日は、もう一つ、皆様にお諮《はか》りしたいことがございます」

ギャラクシー百貨店株式会社の取締役会が、終わろうとしていた。終われば恒例で昼食が待っている。本店内の特別食堂から、特製の天然鰻《うなぎ》の大串を取り寄せるのだ。

取締役会とはいっても、今日もたいした議事があったわけではない。報告事項として、前月の売り上げを中心とした会社の現状についての数字や定期の異動から外れたいくつかの人事案件、それに決議事項として、子会社が銀行から借り入れるにあたっての保証の承認といったところだ。

ギャラクシー百貨店《デパート》は、東証一部に上場している百貨店で、江戸時代以来の暖簾《のれん》を誇っている。中央区京橋にルネサンス様式の大理石造りの本店があって、格式のある堂々とした建物の玄関と、その左脇に置かれた等身大の青年ダヴィデ像を知らない者はいない。

つい何年か前まではギャラクシーなどという横文字ではなく、他の多くの同業者と同じように、大文字屋という江戸時代からの由緒正しい名前を誇りにしていた。ところが五年ほど前、以前からくすぶっていた、江戸時代からのオーナーの家系の会長と経営を任せられていた番頭格の社長の確執が内紛に発展し、バブル崩壊後の経営不振の責任を巡って、とうとう金融機関などの大株主を巻き込んでの大爆発になった。そして、その内紛を利用して、巨大企業グループであるギャラクシー・グループの総帥《そうすい》である成海紘次郎が、あっという間に大文字屋を乗っ取り、店の名前まで自分のグループの名前に変えてしまったのだ。

ギャラクシー・デパートには取締役が十七人いる。そのうち十二人が常勤の取締役で、五人の役付取締役以外の七人は、使用人兼務の役員だから、取締役とは名ばかりと言っていい。五人の役付の取締役の内訳は、社長の小野里英一、副社長の真鍋広介、それに専務一人と常務二人だ。非常勤の五人は社外取締役で占められている。

十七のうち五、と社外の取締役の数が他の多くの会社に比べて多いのは、ギャラクシー・グループの中核会社である株式会社ナルミ・インターナショナルからギャラクシー・デパートへ派遣された取締役が五名いるからだった。そのうちの一人は岸辺庄太郎といって、成海紘次郎の右腕と言われている経営コンサルタントだ。取締役の他に非常勤の監査役として、やはり成海を支える弁護士の姉大路公一が入っていた。

「ほう、何の話ですか」

議長の小野里の斜め前に座っている岸辺が、目の前の書類を片づけはじめながら、尋ね顔で小野里に話しかけた。

「淀野君、書類をお配りして」

小野里が末席に座っている経理部長兼任の淀野取締役に命じると、淀野が机の下に置いたバインダーの中から五、六ページほどの書類を人数分取り出して、立ち上がった。

「おやおや、ずいぶん準備がいいんですね。このあいだの常勤取締役会で出てたっていう、例の新しい海外ブランド導入の話かな」

そう言って、いつものとおり、岸辺が最初に書類を受け取る。

「なんだ、こりゃ」

書類に目を走らせると、岸辺が叫んだ。

「だめだめ、こんなこと。ねえ、先生」

自分の正面に座っている監査役の姉大路弁護士に声をかけると、まだ書類を受け取っていない姉大路に書類を押しやった。姉大路は岸辺の反対側に座っているから、細長いテーブルの端に座っている議長の小野里を、岸辺と二人で他の取締役から切り離して遮《さえぎ》った形になっている。

姉大路は書類を手早くつまみ上げると、パラパラとページを繰り、

「こんなことできません。今日の取締役会は、もうおしまい」

と大声を出した。しかし小野里は、

「では、議事を続けます。みなさん、お手元の書類を見ながらお聞きください」

と、姉大路の言葉が耳に入っていないように、同じ調子で続ける。常勤取締役全員が、一斉に目の前の書類を手にとった。

「小野里さん、もう終わりです。こんなこと、許されませんよ」

姉大路が、今度は静かな声で、小野里の顔を真正面から見つめて言った。

「さて、一ページには、今回の増資の概要が述べてあります」

相変わらず小野里は、姉大路を無視したままだ。

「小野里さん、いい加減にしなさい。こんなことは勝手にはできないんですよ」

姉大路が、再び静かに、しかし前よりは強い口調で言った。そして立ち上がると、小野里に斜めに背を向け、他の大勢の取締役のほうを向く。

「みなさん、今日の取締役会はこれまでです。いいですか、この書類に書かれているようなことは、あらかじめグループ内部の了解を得ていなくてはできないことなんですよ。おわかりでしょう」

と反論を封じるような強い調子で威圧した。

「姉大路先生、座ってください。それに、静かに。取締役会では議長である私の許可を受けないで発言しないでください。規則に従ってください」

小野里が逆にたしなめるように、立ち上がったままの姉大路に呼びかけた。あくまでも冷静を装っているが、少し声がかすれている。

姉大路は相変わらず突っ立ったまま、顔を動かして、すぐ左斜め前に座っている小野里を見下ろした。規則を盾にとって言われたせいか、黙っている。すると、今度は横から岸辺が、

「小野里君、今日の議題、知っているでしょう。もう全部終わったんだから、おしまいにしなくては。『その他』っていう議題は、この会社の取締役会招集通知にはないんだ。それに、君、こんな大事なこと、グループにあらかじめはからなくっちゃ、無茶苦茶だ」

と口を出した。そして、目の前の姉大路を見上げつつ、

「先生、こんな議題、あらかじめ通知されてないんだから、この取締役会じゃ審議できませんよね。『その他』っていうのは、ないんですよね」

と同意を求めた。

一瞬の沈黙の後、姉大路が声を励まして、

「そう。法律的に許されない。法的に言えば、もう今日の取締役会は終わっている」

と大声を出した。すると、小野里がもう我慢できないといわんばかりに右腕を上げて、人差し指を突き出すと、

「淀野君、大木先生をお呼びして」

とテーブルの長い一辺のはるか向こう側に座っている淀野に再び声をかけた。

その瞬間、会議室のドアが開いて一人の男が入ってくると、急ぎ足に部屋を横切って小野里の左脇で立ち止まった。

小野里はその男に目礼すると、その部屋にいる全員に聞こえるように言った。

「この方は当社の新しい顧問弁護士の大木忠先生でいらっしゃいます。この増資の件をいまから取締役会で審議することの可否について、大木先生のご意見をうかがいます」

大木は立ったままテーブルの縁に軽く右手をつくと、

「招集通知に『その他』と書いてあろうとなかろうと、取締役会ではどのような動議も自由です」

と朗々とした声でその場にいる全取締役、監査役に向かって言い放った。

「その見解には、異議あり、ですな」

いつの間にか腰かけていた姉大路が、背を反らすようにして間近の大木を見つめながら反論する。

「姉大路先生、もう一度だけ申し上げます、議長である私の許可なく発言しないでください。不規則発言が続くようでしたら、残念ながら退場していただかざるを得ません」

小野里がふさぐように言い返した。姉大路は低くうなりながら、それでも黙った。

「では、みなさん、いいですね。お手元の書類に記載されているとおり、発行済み株四千万株に追加して二千八百万株の第三者割当増資をいたします」

そう小野里が尋ねると、

「反対だ」

すかさず岸辺が声をあげ、何人かがそれに続いた。賛成の声をあげる者はいない。

「では、賛成多数と認めて、可決とします」

小野里が締めくくるように言った。

「何言ってるんだ、小野里君。誰も賛成してはいないじゃないか。第一、何も話をしてやしない。成海会長の持ち株が五〇パーセントを超えているのに、その株主を無視して第三者と称する君のお仲間の会社に、発行済み株の七割にもあたる新株を割り当てるなんてこと、できるはずがない」

岸辺が怒鳴った。

「反対の声をあげない方は、皆賛成しているということです。ま、岸辺さん、何か補足意見があれば、どうぞおっしゃってください。公開会社であるギャラクシー・デパートの株主は、ギャラクシー・グループ以外にもたくさんいらっしゃるんです。ギャラクシー・デパートの取締役はそうした株主の方にも責任を負っているんですから、要は会社にとって何が最善かの問題なんで、過半数だろうとなんだろうと、一人の株主だけのために会社の経営をしたのでは、取締役として無責任と言われても当然です。第一、そんなことをしては、取締役としての任務違反なんです」

小野里の声に誘われて、岸辺が書類を一ページずつめくりながら、一つひとつの項目について反対論を展開した。

約二十分ほどで岸辺の話が終わると、姉大路が、

「私は監査役の立場から、違法な審議が行われていることに異議を申します。取締役のみなさんは、この議事について賛否を言ってはなりません。このことは議事録に記載してください」

と述べた。姉大路は、強い眼光で小野里の顔を睨みつけながら、一言一言押さえつけるように喋っていった。しかし、この取締役会決議を止める力はない。事実上の敗北宣言だった。この瞬間、平成十二年七月十二日、ギャラクシー・グループが過半数の株を保有するギャラクシー・デパートは、一サラリーマン社長である小野里英一によって乗っ取られたの

だ。

発端は、三ヵ月前にさかのぼる。

1

「まあまあ、小野里さん、ご苦労さま。中に入って、座ってちょうだい。途中、飛行機はどうでした？　ずいぶん揺れまして？　ちゃんとロールス・ロイス、飛行場で待っておりました？」

ギャラクシー・デパート社長小野里英一は、命令されたとおり、オーナーであるギャラクシー・グループの総帥、成海紘次郎を、香港で最も高い格式を誇るプラモントリ・ホテルのスイート・ルームに訪ねたところだった。

世界にその名を知られたこのホテルは、前面には一昔前の香港の写真でおなじみのオールド・ウィングがあって、そのすぐ後ろに最近建てたというタワー棟が覆いかぶさるように聳《そび》えている。タワー棟の最上階、五十四階にあるマンダリン・スイートの五四〇三号室の部屋が気に入っていて、成海紘次郎は妻の治子と香港に来るたびにこの部屋に滞在することに決めていた。

成海と妻は年中旅行している。何年も前に、あるキッカケで成海の税金の問題がもちあがったために日本に住所を持つのを止めにしてから、カリブ海にあるケイマン島のコンドミニアムを本拠地ということにしてはいるものの、東京、ニューヨーク、ロンドンにそれぞれ家を持っているうえ、香港やパリ、ジュネーブといったいろいろな世界の街になじみのホテルがある。意図的に一年のうち半分は日本にいない生活を送っているのだ。

両開きのドアの向こうに治子が立って、小野里の顔を見るなり喋りかけてきた。両開きのドアを両手で左右に開けてはくれたものの、治子の指の両端はまだ左右の扉の把《と》っ手《て》を握っていたから、小野里は危うく治子に真正面からぶつかりそうになった。治子は、映画の一シーンにでも出てきそうな、朱色に近い赤色の、肩と背中を思い切って露出した長いスカートのワンピース・ドレスに身を包んでいる。とても日本人の着る色ではないから、今回、香港の店で買ったにちがいない。エキゾチックな、一見スペイン人との混血かと見まがう顔立ちの治子には、その種の色がよく似合っていた。

成海のほうは、椅子に座って窓の外の港を見下ろすように、望遠鏡を覗き込んだままだ。窓際に真鍮《しんちゆう》製のクラシックな形をした望遠鏡が、大時代な木製の脚に乗せられて据え付けられていて、それを覗いているのだ。成海の様子からは、小野里が部屋に入ってきたことに気付いているのかどうかも定かではなかった。

「何か飲まれます？」

成海のほうへ歩いていく小野里の背中へ、治子が声をかけた。

「ええ、サンペレグリノを」

　小野里は、大きく振り向いて答える。

「あら、サンペレグリノ。困ったわ、冷蔵庫にあったかしら」

治子が誰にとなく言うと、成海が海のほうに向かったまま、

「ペリエが冷蔵庫の中にあったさ。それでいい」

と怒鳴った。顔は相変わらず望遠鏡から離さない。

小野里は、何かを割って一緒に飲むのでなければ、ペリエは炭酸が強すぎて好きではない。ペリエだけしかないときにはエヴィアンで割って飲む。サンフランシスコの友人に教えられた飲み方だ。しかし、黙っていた。小野里が黙っていると、治子が長いスカートをひきずるようにしながら、冷蔵庫に寄って扉を開けた。

「あら、ペリエももうないわ」

困ったような声で冷蔵庫の中に向かって叫んだ。そして、

「小野里さん、ごめんなさい、ペリエなかったわ」

と、締まりのない声で小野里に向かって繰り返した。

小野里には、ペリエでもサンペレグリノでも、どちらでもよいことだ。「俺は香港くんだりまで発泡水を飲みにきたのではない」。そう言い返してやりたかった。しかし、

「いいえ、奥様、もう結構です。先ほどまで飛行機の中でいろいろ飲んだり食べたりしておりましたので」

と口に出した。この程度のことは歩道の穴ボコにつまずいたほどのことでもない。

「おおい、こっちに来てみろ。きれいな色の船がまた入ってくるぞ。今度は淡いグリーンだ。このあいだ進水したヨット、この色のほうがよかったんじゃないかな」

相変わらず望遠鏡を覗き込んだままの恰好で、成海が大声をあげた。

「へえ、じゃあ、さっきのとはちがうやつね」

治子が成海の見ている方角の海へ、窓越しに視線を向けた。

「どれ。わからないわ。どっちなの」

背中を二つ小野里のほうに並べて向けたまま、成海紘次郎と治子は窓の下を指さしながら二人で話しはじめた。小野里が部屋の中にいることなど忘れてしまったかのようだ。

「小野里君、座れよ」

ひとしきり今艤装《ぎそう》工事中のヨットについての夫婦の会話が終わったところで、成海は窓越しに海を眺めた姿のまま、後に立っている小野里に声をかけた。小野里がずっと立ったままでいることなど、当然とすら思っていない。

「今度の株主総会、どう?」

「はあ、とくにどうということもありません」

小野里英一が香港へ急いでくるように言われたのは、前日の午後のことだった。成海に会いにいくようにという出張命令は、「本社」とギャラクシー・グループの人間が呼ぶナルミ・インターナショナルの女性秘書から、いつも唐突な電話で伝えられる。書類の類《たぐい》は何一つ来ない。命令の届けられる時間も深夜、早朝を問わない。今回の命令は午後早く、ギャラクシー・デパートの営業時間中に届いた。それは単に、成海が小野里と会いたいと思いついたのが、たまたまその日の成海のランチタイムだったからにすぎない。

ギャラクシー・グループ企業群の会社の所有権は、どれも最終的に成海紘次郎という一人の個人に行き着く。グループ会社三百三十七社すべての会社を成海紘次郎が一代でつくり上げ、直接、間接に所有しているのだ。

もっとも、そのグループの所有の網の目を知る人間は限られている。小野里のように、実際のビジネスを行っている現業子会社のトップの地位にある程度の人間は、そうしたこととは無縁なのだ。

小野里が社長をしているギャラクシー・デパートの場合、東京証券取引所第一部に上場されていて、成海紘次郎がたくさんのグループ会社を通じ、その五〇・三パーセントの株を保有している。上場してはいるが、小野里が社長をしているギャラクシー・デパートのオーナーは成海紘次郎という一人の人間なのだ。だから小野里は、伝えられた命令のままに、他にいくつか入っていた先約をすべてキャンセルして、あわてて香港行きの飛行機の座席を予約した。

予約ができなければ、成田に行ってキャンセル待ちをしなくてはならない。それが成海紘次郎のやり方だった。相手の時間は一切構わない。自分のグループ会社で働いている人間にも、それぞれ人生の都合があることなど、成海の頭にないのだ。そういう成海を、グループの人間はひそかに「ナポレオン」と呼んでいた。

今回、小野里は幸運にも香港行きの日本国際航空のファースト・クラスの席、それも1Kの席を確保することができた。成海紘次郎という人間は、多くの金持ちの例に漏れず、所有する会社の経費については極端にけちだったが、各事業会社のトップに当たる人間の飛行機のクラスについてだけは寛大だった。「なあに、ビジネス・クラスに乗るより機内で仕事がやりやすいし、そのうえ、目的地に着いてからの仕事もはかがいき、ミスが少ない。ちゃんとナポレオン式の計算が合っているのさ」と口の悪い連中は言ったが、ビジネス・クラスとの差額を身銭を切って払ってでもファースト・クラスに乗りたいと思うタイプの小野里にしてみれば、何にしてもありがたいことだった。

「どういうことないって、今度の総会は一部役員の入れ換えをやるんだろう」

成海は窓から振り向くと部屋の中央に戻り、大きなガラス・テーブルを前に一人掛けのソファに体を投げ出した。色白の皮膚がふっくらとふくらんでいて、細い目がいちだんと細くなっている。ひじ掛けの上に妙にきちんと揃えて置かれた両手の指が、体と不釣り合いにほっそりと伸びていた。もう六十五歳になっていたが、どの指の爪もピンク色、しかも白っぽい三日月がきれいに出ていて、成海が健康そのものであることを示している。

「その人事案件について、君と話したかったんだ」

成海は、そう言い終わらないうちに、また海のほうを向いて、今度は成海にかわって望遠鏡を覗いている治子に、

「おい、お茶を持ってこさせてくれ。葉っぱはウィッタードのアール・グレイにな」

と言った。

「だから、その役員のことさ。君の考えを聞きたい」

小野里は危うく「そのことは、先日オーナーが日本におみえになったときにご相談して決めていただきました」と言いそうになった。ギャラクシー・デパートの役員人事については、上場会社である関係から、いわゆる決算役員会までには決めておく必要があったので、小野

里は、成海が月に一度、定期的に東京でグループ会社から上がってくる案件について決裁をするときに、三田にあるナルミ・インターナショナルのオーナー室で相談済みだったのだ。一ヵ月前のことだから、三月のことになる。しかし、いまここで成海がそのことについて話しはじめたということは、改めて未済になったということだった。

「ま、十七名の取締役については、常勤のうち三名が定年で辞めますので、その分を同数だけ補充したいと思っております。候補としては」

小野里がそこまで喋《しゃべ》りかけると、成海はさもうるさそうに、

「平取なんかは君が勝手に決めたまえ。うちのグループではどこの会社でもそうしているのは君もよく知ってるだろう。一つの会社の経営は一人の人間だけに任せる。それが私のやり方だ。そうでなくては誰の功績か、責任かわからなくなる。今日は、そんな話じゃない」

「はっ」

成海が何を考えているのかわかりようがない小野里は、椅子の上で少し体を前にずらして背中を直立させながら、短く息を吐いた。背中を汗が一筋伝わって落ちるのがわかる。成海は、こうした会話がいちばん嫌いなのだ。成海の部下は、成海の言いたいことをいつも一歩先んじて把握していなくてはならない。それができないと、その結果が必ず次の人事の機会に現れる。しかし現実には、わからないことのほうが多いのだ。

ドアのチャイムが鳴った。燕尾服を着た女性のバトラーが、恭《うやうや》しく紅茶のカップとソーサーを成海の前のガラス・テーブルの上に三人分並べる。

「ありがとう」

日本語で言っているのに、治子の声には、香港がイギリスの植民地だったころの総督夫人もかくやと思わせる典雅な響きがあった。

バトラーが背中を見せてドアのほうへ歩きはじめると、成海はもう待っていられないのか、

「君、君にはこれからグループのもっと上を見てもらう。もう現場で汗出しするのはおしまいだ」

と告げた。

小野里は、青空の見える窓の外を稲妻が走ったとしても、この言葉ほどにびっくりはしなかったろう。「グループの上を見る」というのは、ギャラクシー・デパートの他にいくつもの会社が属しているギャラクシー・グループ流通部門の持ち株会社の社外取締役になるということなのだ。それは事実上、失業するということだった。取締役といっても、社外の取締役には年に四回の取締役会に出席するほか、何もすることがない。したがって、報酬も月に二十万円だけだった。その他には、これまでのギャラクシー・デパートからの年金しかない。

「小野里君、このウィッタードのアール・グレイ、どうだい。お気に召すかな。僕は紅茶に

ついては、砂糖の産地や年代を気にするほどのコネッサーじゃないけど、でもアール・グレイはここの茶屋のに限る。十一年前にロンドンに住んでいた窪園さんからいただいてね。それ以来だ。

おい、窪園さん、いまどこにいたかな」

小野里との会話を中断して、妻に話しかける。

「もう交通省卒業されてウチに入られて、エンパイヤ・ホテルの面倒を見てくださってますわ。いやね、あなたは」

エンパイヤ・ホテルも成海の企業グループの一つだ。日本国内では一、二を除いてけっして一流ではないが二十ヵ所を超えている。海外では中国趣味のインテリアで知られた超一流のホテルが、ニューヨークとロンドンにある。成海は、交通省を観光産業局長で退任した窪園修造を招いて、ギャラクシー・グループの会社の一つ、エンパイヤ・ホテルの会長にしていた。

成海はティーカップをソーサーごと取り上げて、胸の前まで引き寄せると紅茶を一啜り口に含んで実にうまそうに口の中で動かしてから飲み下し、小野里に話しかけた。

「とにかく、そういうことにしたから、後どうしたらいいかな。その相談だ。考えを聞かせてほしい。君はギャラクシー・デパートのことを誰よりもよく知っている。この私よりだ。

第一、いまの取締役連中はみんな君が育ててくれた人材だ。だから、君が次の社長を推薦してくれるのがいちばんありがたい」

そう言うと、もう一口啜る。今度は目をつぶって、しばらく口の中に含んだままだった。

「君の言うとおりに決めるわけじゃないから、安心して、思うところを言ってくれ」

小野里は、何も考えられなかった。自分がそういう錯乱した状態にあることを、相手に悟られたくない。そのことばかりが気になった。

「そうですね。まあ、突然のお話でもありますし」

かろうじてこの言葉だけが、乾ききった喉を通って唇の間から出た。

「突然だって？　何の変わりもないよ。相変わらずギャラクシー・グループの人間だ。むしろ、グループの上を見てくれっていうことは、ギャラクシー・デパートの持ち株会社の取締役ポストを頼むってことなんだから、喜んでくれると思ってたんだけどな。

ま、いいや。その汗臭い恰好、着替えてきたまえ。ちょっと遅いけど、昼飯についてきてくれ」

同じホテルの自分の部屋に引き取ると、小野里は背広にネクタイのまま、クイーン・サイズのダブルベッドに寝ころんだ。

（一体俺のことを何だと思ってるんだ。ギャラクシー・デパートには、あいつが買収する三十年近くも前から働いてるんだ。いまから三十四年前、昭和四十一年に大文字屋に入社して、まだ課長だった柴末さんの下に配属になって以来、今日まで、上場も果たした、一千億の売り上げも達成した。ギャラクシー・グループの一員になってからだって、コンスタントに増収増益を達成してきている。第一、俺に社長をやってくれと頼んだのはどこのどいつだ。ギャラクシー・グループじゃないか。

いま俺を代えなきゃならん理由はないはずだ。給料で法外なことを要求したこともない。一体どうして？）

突然、ベッド脇の電話が鳴った。

「小野里さん、ごめんなさい。お昼、ご一緒できなくなっちゃいましたの。成海に急に用事ができてしまって、夕方までに電話すると申しておりますので、部屋で待っていただけますかしら」

成海治子だった。

急に緊張の糸が緩んだ。

（さあて、これから何も予定がないぞ）

そう思うと、単純に嬉しかった。

（別に腹が減ってるわけじゃなし。とにかく会社へ）

東京に電話をいれる。秘書は席にいなかった。旅行鞄からノート・パソコンを取り出す。ジャックを探すために屈《かが》み込み、モジュラー・ケーブルを握ってコンソール・テーブルの下に潜り込んでいるぶざまな恰好の自分が、急におかしくなった。

「何なんだ、これは」

そう声に出して呟《つぶや》くと、起きあがってモジュラー・ケーブルを放り出した。秘書は小野里がこのホテルにいることを知っているのだ。何か急ぎの用事があれば、電話をかけてくるに決まっていた。それを、一刻を争うようにパソコンをジャックにつなごうとしていたのだ。

「誰のため、何のため？」

そう声に出して言ってみる。

モジュラー・ケーブルの先端の小さくて透明な器具の中に、たくさんの細い線が、まるで神経のように詰め込まれている。

小野里は時計を見てニューヨークの時間を確かめた。香港が午後二時半だから、ニューヨークは真夜中だ。ギャラクシー・デパート副社長の真鍋広介は、先週からニューヨークにいる。

案の定、真鍋はホテルの自分の部屋にいた。小野里は真鍋の常宿に電話をしてみることにした。

「ああ、社長」
という返事で真鍋が酔っていることがすぐにわかる。

真鍋は、小野里と同じ歳、昭和十八年生まれの五十六歳だ。真鍋のほうは大学に入るときに一年浪人しているから、大文字屋への入社は小野里のほうが一年早い。販売の小野里と物流の真鍋は、会社の仕事上の付き合いは長いあいだなかったが、どちらも将棋が好きで、真鍋が入社してきてすぐ会社の将棋クラブで知り合った。お互いに同じ九州の出身ということから何となく親しみを覚えて、すぐにときどき一緒に飲んだり、会社の寮の部屋を訪ね合ったりする仲になった。会社では、小野里が課長になるとその翌年に真鍋が課長になり、部長にも小野里が一年早くなった。そして二人とも部長になったころから、仕事の上でも接触が増していった。

もっとも、真鍋のいた物流関係の部署というのは、百貨店である大文字屋が販売する商品配送などのサービスを担当する目立たない部署だったから、小野里が率いていた顧客への販売の最前線のように、第一線でバリバリと働いて会社の業績を向上させる原動力になるというタイプの仕事ではない。しかし、そうした地味な仕事が真鍋のおとなしい性格に向いていたのか、真鍋は真鍋なりに商品配送の能率アップという課題に取り組んで、それ相当の成果をあげているように見えた。小野里の立場からしても、必死の営業努力で顧客への販売に成功したところで、誰かが商品を大文字屋らしい一流の仕方で届けてくれなければ販売は終わらないから、真鍋が部長になって以来の物流部の仕事ぶりは、頼もしい限りだった。

互いに部長になってまだ間がないころ、二人で焼き鳥をツマミに飲みながら、いかに営業部として真鍋の率いる物流部の仕事ぶりを高く評価しているか、酒の勢いもあって小野里が褒《ほ》めちぎると、真鍋は「私は、シュセイは創業よりも困難だと思っているんです」と言った。「シュセイ?」。真鍋の使った言葉の意味がわからないで尋ねると、「守成。成りたるを守る、です」とさり気なく説明してくれた。

真鍋を取締役に引き上げたのは自分だと小野里は思っている。

まだ大文字屋がギャラクシー・グループに買収される前、すでに取締役になっていた小野里が当時の社長の柴末にかけ合ったのだ。「守成は創業よりも難しですよ、社長」と言うと、歴史好きの柴末は、「ほう、李世民《りせいみん》かね」と答えた。なぜ李世民と柴末が言ったのか、小野里には理由がわからなかったが、「とにかく、あいつはウチの宝ですから」と言って、無理やりに真鍋の取締役昇進を社長に承知させたのだ。

そのことを真鍋に話したのは、ずっと後、大文字屋がギャラクシー・グループに買収されて小野里が社長になったあとだった。真鍋は「なんだ、やっぱりそうだったんですか。おかしいと思いましたよ、私を取締役にするなんて。あの社長がそんなことするはずがないのに、どうしたのか不思議だと思ってましたよ」と笑って言った。


「ご機嫌だな」

電話の向こうで、真鍋がウィスキーをグラスから啜る音が小野里の耳に聞こえた。

「そうですよ、一日よくわからん異国の言葉を操って、いや、一方的に操られて、おかげで神経がボロボロになってしまったんで、いまふやかしてるところなんです。一晩こうしてアルコールに漬けておくと、また明日には何とか使えるようになりますんでね」

「ちょっと、真剣な話なんだ」

そう小野里が言うと、向こうで椅子に座り直す様子がわかる。

一瞬ためらってから、自分に言い聞かせて、成海との話を伝えた。真鍋を後任に推したいという気持ちと、真鍋は受けないのではないかという推測が、小野里に話を切り出すことを躊躇《ちゅうちょ》させたのだ。

小野里が説明を終えると、真鍋は、

「まさか、承知したりしてませんよね」

と咎《とが》めるような調子で言った。酔いのせいではなかった。

「ギャラクシー・デパートは、二千人からの従業員、三千人からの株主がいる会社、それも東京証券取引所の一部に上場してる公開会社なんですよ。そしてあなたはその会社の社長です。トップですよ。どうして自分が社長であってはいけないのか、理由を聞いたんですか？」

小野里が理由を聞いていない、と答えると、

「ああ豎子《じゅし》！」

真鍋が抑制した声を出した。

「え？」

小野里が問い返す。

「しょせん兵隊の頭ではあっても、たくさんの将軍を引っ張る大将の器ではない、ということです。私は反対です。私だけではありません。まず、ギャラクシー・デパートのすべての常勤取締役を代表して、反対だと言います。それだけじゃありません。ギャラクシー・デパートの全従業員の右代表でもあります」

「馬鹿なこと言うなよ。成海紘次郎がウチのオーナーだってことは、おまえもよく知ってるだろう。そういう会社になっちまったということを承知して、俺たちはあのとき、会社に残ると決めたんじゃないか。いまさら、子供みたいなことを」

電話の向こうで真鍋の大きな笑い声が聞こえた。

「夕方にはナポレオンにまた会うことになっている。その席でおまえを後任の社長にとナポレオンに言おうと思ってる。ま、俺が言ったって何の重みもないがね。とにかく、誰か推薦しろと言うんだ」

「私はご免こうむりますからね。社長じゃなくて会長っていうんなら、やってもいいですが、社長はご辞退申し上げます。理由は言わなくてもおわかりでしょう。人にはそれぞれ運命の星というものがあるんです。私は運命論者なんです」

真鍋の口調は本気のようだった。あらためて小野里は、真鍋が後任にふさわしいという自分の判断が正しいことを確認する思いだった。

「俺は俺の考えをオーナーに申し上げる」

そう小野里が言うと、真鍋が急に声を落として、

「ちょっと待ってください。ちょっとだけですから。いますぐ知り合いの弁護士に相談してみますから。すぐに電話を返します。ええと、香港のプラモントリ・ホテルでしたね。すぐですから」

そう言って真鍋のほうから電話を切った。

帰りの飛行機も、来たときと同じように快適だった。まるで滑走路に駐機したままでいるように微動だにしない。ジェット・エンジンの音がしなければ、会社の自分の席にいるのと大きなちがいがない。座席が仕事をするには座りにくいし、テーブルも二つ折りでぐらぐらする上に小さいが、いつもとちがって背もたれと脚置きをいっぱいに伸ばして横になっているから、今日の小野里にとっては同じことだ。

(「とにかく、日本に着いたらすぐに弁護士に会ってくれ」か。真鍋にしては、えらく強引だったな。「姉大路先生に会って、どうする?」ときいたら、「何言ってんですか。ちがいますよ。会社の弁護士なんかに相談しちゃだめです。ありゃ、ネー将軍ですよ、ナポレオンの忠実なる副官にすぎません」ときた。なんとかという弁護士の名前を言っていたが、弁護士なんかがいまの俺のおかれた状況と関係あるかなあ)

小野里は、ホテルを引き払う間際に真鍋からかかってきた電話でのやりとりを思い返していた。

結局、成海は今日一日忙しいので会えないということになって、小野里にとっては日帰りの香港出張になってしまったのだ。

(馬鹿にしている。何が急用だ。大の大人を香港まで呼びつけておいて、「君、クビ」と一言だけ言って、あとは、派手な恰好をした女房が「部屋から出ないこと」ときて、それから

「今回はちょっと時間が取れないようなんですよ。ごめんなさいね」と言っておしまいだ。「オアズケ」の挙げ句、昼飯抜きか。まったく、犬じゃあるまいし）

疲れは少しもなかった。ふだんならまだ会社で部下から報告をうけている時間だ。その時間に、長々と寝そべってうつらうつらしていればいいというのに、ひどく頭が冴えていた。

（俺はそれだけの人間だったのか。あの男が、何となくそうしたくなれば、何一つ理由はなくてもクビになってしまうのか）

そして何度も同じことが頭の中で反響している。

（収入がなくなる。どうやって食っていくのか。まだ子供も二人、大学に行っているというのに。それに、いまの拡張しきった生活水準は、そう簡単に落とせるもんじゃない。家中の冷暖房、三台の車、クルーザー、それに蓼科とハワイの別荘。ところが、払いのほうは、自宅のローンだってまだ終わってない）

成海のほんの気まぐれで海中から釣り上げられて、日の照ったコンクリートの堤防の上に放り出された魚のような気がしてくる。それも、小魚、雑魚《ざこ》だ。

（とにかく、「突然のお話でもありますし」という以上のことは言ってないんだ。成田に着いたら、すぐ香港にとって返そう。そしてもう一度会って、頼んでみよう。何かが気に入らなかったんなら、そこを詫《わ》びて改めればまだ可能性はあるはずだ）

その考えに辿り着いて、少し安心した。心が緩んだのか、うとうととして寝入った。

夢を見た。夢の中で、プラモントリの同じ五四〇三号室に、腰をかがめて揉み手をしながら自分が入っていった。成海は妻と二人、海を望遠鏡で眺めている。小野里が声をかけると、振り向きもせずに手をのばして、手の甲をこちらへ向けて、手首から先を二、三度振った。

「しーっ、しっ」という犬でも追い払うような声が聞こえた気がして、目が覚めた。思わず首に手をやった。じっとりと汗が滲《にじ》んでいたが、首輪には触らなかった。

2

結局、帰国してからも、小野里は弁護士に会わなかった。弁護士などではなく、こうした人生の節目節目にいつも相談してきた、総合商社のトップだった人物に相談に行ったのだ。長島康夫は、総合商社の首脳だった人間の中でも戦略家として知られていた。七十五歳になったいま、もうとっくに巨大総合商社であるコスモス貿易の経営の一線からは引退していたが、現役時代に競争相手からも畏敬《いけい》をもって見られていた卓抜した分析力とそれに基づく先見性を買われて、日経協の副会長のポストにあり、財界のご意見番として通っている。そうした立場から、政府のいろいろな審議会の委員も務めていて、ときには裏の官房長官と噂されたりすることもあるほどの力を持っていた。

小野里が、ある偶然の機会に長島の知遇を得てから、もう二十五年になる。

二十五年ほど前、小野里は、まだ大文字屋と呼ばれていたギャラクシー・デパートの若手社員の一人だった。そのとき、小野里が仕入れを担当したコスモス貿易からの女性物の衣料品に、大文字屋の本店やいくつもの支店でたくさんの客からクレームがついたのだ。その処理に追われた小野里は、勇躍単身でコスモス貿易に乗り込んだ。実情説明を受け、理由の聞き取りをするためだ。コスモス貿易は海外の製造業者から衣料品を輸入して大文字屋に供給する、中間の立場だった。

まだ三十歳そこそこだった小野里は、一買い付け担当者という仕事上の立場を超えて、大文字屋の顧客と怒りを共有していた。小野里からすれば、一着何万円もする輸入もののワンピースのボタンが簡単にとれてしまうことなど論外だった。ところがコスモス貿易の担当者は、日欧の縫製の習慣上のちがいなどを盾に、言い逃れを繰り返すばかりだった。相手の対応に激昂《げっこう》した小野里は、部屋の真ん中に置かれた応接セットに座り込んだ。

「部長を呼べ。一体この会社はどうなっているんだ。自分が売った製品に対する、そのいい加減な態度は何だ。こちとらは、いまこの瞬間にも、いくつもの店でこのワンピースをどうしてくれるのか、どういう説明ができるのかと、お客さまが固唾《かたず》を飲んでお待ちくださっているんだ。私が文句を言ってるんじゃないぞ。私の後には、たくさんのこうしたお客さまがいらっしゃるんだ。このまま引き下がるってわけにはいかない。キチンとした説明をしてくれ。一体どこでどうして発生したトラブルなんですか。カネの話はその先だ。そうじゃないですか」

コスモス貿易の担当者とその上司の課長が小野里を横目で睨《にら》みながら苦虫を嚙《か》み潰《つぶ》しているところへ、当時その部の部長だった長島がたまたま通りかかった。長島は部下から簡単に事情を聞くと、小野里の真正面に膝を揃えて座った。

「私が部長の長島です」

長島は担当課長に命じて、小野里の目の前で海外の製造業者に国際電話を入れさせた。まだ国際電話はダイヤルで自動的にかかる時代ではなかった。そうした長島のテキパキした指揮ぶりを目の当たりにして、小野里もすぐに座りなおす。それが出会いだった。

以来、長島は小野里の人生の師となった。それから四、五年経って、大文字屋のことなかれ主義に嫌気がさして辞めようと思ったときも、誰でもない、長島のもとへ相談に行った。長島はもうコスモス貿易の取締役になっていたが、小野里のために時間を割いて話を聞いてくれ、わがことのように熱を込めて、大文字屋で働きつづけるようにと説いた。

小野里が大文字屋にその後長い間勤めることになったのは、その時の長島の助言があったからなのだ。大文字屋が成海に買収されたときも、小野里は長島に相談した。

「成海紘次郎という新しくオーナーになった人からは『ぜひ続けてほしい。あなたが社長になって、会社を引っ張ってほしい。すべて任せる』と言われています。しかし、私は他人の会社を乗っ取ろうなんていう人間がオーナー面《づら》するような会社は嫌いなんです。そんなところでは働きたくない、自分の人生がもったいない、と思うんです」

そう小野里が言うと、長島は、

「大文字屋という会社には、オーナー以外にも、少数株主、従業員、取引先、取引のある金融機関、そして社会全体といったたくさんの利害関係者《ステークホルダー》がいるんじゃないのかね。社長ってのは、そうした無数のステークホルダーのために働く、しかもそのあいだの利害を自分の匙《さじ》加減一つで調整しながら、最適《オプテイマム》な結果をめざして働くんじゃないのか。だから、社長の立場から見れば、オーナーもそうしたたくさんのステークホルダーの一人にすぎないということだろうさ」

と言った。それで、小野里は大文字屋に残ることにしたのだ。「ステークホルダー」という言葉を、このとき長島に教えられてはじめて知った。五年前のことだった。

あらかじめ約束を取りつけて、麴町《こうじまち》のコスモス貿易本社に向かった。十七階の長島の部屋に通されたが、長島はまだ会議中とのことだった。女性の秘書が日本茶を捧げ持ってくる。応接セットの前のテーブルに置く。小野里が湯飲みの蓋をつまみ上げて、湯飲みの横に逆さまにして置く。そして、湯飲みを持ち上げて口許へ運ぶ。この応接セットの上で何十回となく繰り返した動作だ。小野里の会社では、ずいぶん昔にこうしたお茶汲み専用の秘書は廃止してしまった。役員専用の女性秘書も一人もいない。社長である小野里の秘書も含めて、皆、何かとの兼任になっている。

「やあ、久しぶり。元気そうだね。奥様もお元気かな」

部屋のドアを開けるか開けないうちに、長島の大きな声がする。いつもこうだ。会話の中で必ずプライベートなことに気を配る。

小野里は、香港での経緯をかいつまんで話した。しかし、自分の屈辱感については黙っていた。

「そうか、そうか。成海って人は一体何を考えているのかな。何か彼なりの計算があってのことなんだろうが」

そう長島に言われて、小野里ははじめてそういう見方があるのだと気付いた。成海が自分にしたことの理不尽さに腹がたっていて、成海がそうすることに何か計算があるはずだということまで考えが至らなかったのだ。

「要するに、君が会社にいては困るということだな。どうせ成海氏のことだから、どっかにギャラクシー・デパートを売り飛ばそうというようなことだろう。そのためには、君がいては……うん、そいつはたしかに邪魔だな」

「いずれにしても、今回は辞めるしかないと思っています。ギャラクシー・グループの会社の社外取締役になっても食っていけませんし」

小野里がそう言うと、

「そうか、そうか。今度ばかりはどこか次を探さんといかんな。できれば同じ業界の会社がいいけど、君も偉くなっちゃったからなあ」

長島がひとり言のように言う。小野里は面食らった。そういうつもりで来たのではなかったのだ。「まあ、そう言わずに、しばらく辛抱してみなさい。一つ上に上がれば、それだけ視野も広がるというもんだ。グループ全体もよく見えてくる。収入のことが問題なら、私からも成海さんに話してやろう」と慰められることを期待していた。長島のところへ相談に行くと決めた瞬間から、小野里の心の中には、現状を継続したいという気持ちが淀《よど》んでいた。それに、この期《ご》に及んで長島に就職の斡旋《あっせん》を頼むことには気が引けた。

二週間ほどして、長島の秘書から電話があった。できるだけ早く日経協のほうに来てほしいという長島の伝言だった。

その日のうちに予定をやり繰りして、大手町にある日経協の副会長室に長島を訪ねた。

「やあ、急がせてすまん。相手が急《せ》いている話なもんでね」

と、その場にいあわせた事務局の人間を部屋の外へ出すなり、長島が大声でいった。小野里の新しい職場を見つけてくれたのだ。

「南部デパートだ。あそこで、将来の社長含みで顧問に迎えたい、と言っている。社長になるのは次の株主総会の後になる。まあ、南都デパートなら規模から言ってもいまの会社に見劣りしないし、東証の一部にはギャラクシー・デパートより南都デパートのほうが先に入っているから、むしろあっちのほうが格が上とも言える。どうかね」

小野里は面食らった。南都デパートといえば、電鉄系のデパートの中でも、南都電鉄をバックにしたデパートとして名を知られているところだ。歴史も長いし、定評のある外商部門を持っている。

(それにしても長島さんの力はすごいものだ。南都デパートの社長を決めるのか)

そう心の中で考えた。そして、

「はい、長島さんの言われるところでしたら、どこでもぜひ行かせてください」

と答えた。

長島は目を細めて満足そうに頷《うなず》くと、

「よし。実はもう南都電鉄の実力会長の領会《りょうえ》さんに話してあるんだが、君なら、とおっしゃっていた。さっそく『あの若くて生きのいいのがOKした』と言ってやろう。とにかく一度、領会さんに会ってみてくれ。日程は手配する。本当は私が一緒に行ってやりたいんだが、なんせこの状態だから」

と言いながら、机の上を目で示す。たしかにたくさんの書類が決裁を待っていて長島を縛っていた。

小野里が社長を辞める噂が伝わると、すぐにギャラクシー・グループの顧問弁護士である姉大路公一からの電話が小野里に入った。会いたいという。

姉大路弁護士の事務所は、三田のナルミ・インターナショナルのビルの中にある。弁護士とはいっても、仕事の大半がギャラクシー・グループに関することだったから、いわば成海紘次郎の懐刀《ふところがたな》といったところだ。そのため事務所もナルミ・インターナショナルの一角を占めている。成海に何か難しい問題が持ち上がると、それが法律問題であろうとなかろうと、いつも姉大路の登場となるのだ。まだ四十になったかならないかなのに、成海紘次郎の懐刀になってから十年以上になる。日本の弁護士資格にあわせてアメリカのＭＢＡの資格も持っているという、新しい時代の切れ者弁護士だ。

ギャラクシー・グループの習慣に従って、小野里は姉大路弁護士の事務所に出かけていった。ギャラクシー・グループの人間である限り、姉大路に会う者は、成海に会うときと同じように、自分のほうから姉大路を訪ねなくてはならない。

最上階のエレベーターを出て廊下の奥に行くと、ブロンズ色の透明なガラスが嵌《は》まった自動扉がある。その内側が、ピンクの大理石をふんだんに使ったきらびやかなエントランスだ。

そこに動物系の香水の匂いをさせた若い白人の受付女性《レセプショニスト》がいて、プラチナ・ブロンドの髪をゆるがせながら、片言の日本語で対応する。何年か前に、事務所のトップである姉大路が「うちのような事務所の受付は英語が完璧でなくてはいけない」と、英語が母国語の女性にかえてしまったのだ。会議室へ案内されても、小野里は立ったままで待っていた。

「やあ、久しぶりですね、小野里さん」

姉大路は、部屋の扉を開けるなり快活に声をかけてきた。黒に緑色の細いストライプのスーツだ。その下に着ているクレリックのワイシャツの明るいオレンジ色が目を引く。

姉大路は何も詳しい事情を知らないようだった。小野里がギャラクシー・デパートの社長を辞めるというのも、グループ内でギャラクシー・デパートから単に一つ上に繰り上がるだけと思って気軽に考えているのだろう。そう小野里は感じた。

姉大路は小野里に椅子を勧めずに、窓際の席に座った。後からついてきた若い女性弁護士が隣に黙って座る。小野里は二人が座ったあとで向かい側に腰かけた。

「今日は、小野里さんのことについて、会社のほうから直接お話しして確認しておくように、ということでしたのでわざわざお出《い》でいただきました」

そういうと、隣の女性弁護士からファイル・フォルダーを受け取って、書類のあいだに挟まれた二枚ほどのコピーを取り出した。

「これ、覚えていらっしゃるでしょう。ま、読んでみてください」

小野里がまだ一語も発しないうちに、目の前にコピーが突き出された。

「誓約書」という題が付いている。たしかに見覚えがあった。大文字屋買収が完了したとき、成海紘次郎が全取締役から誓約書を徴求したことがあった。そのときに小野里も当然のように出していたものだ。

「なに、どの会社についても買収が完了したら、こちらから見てぜひ取締役として継続していただきたい方には出してもらっているんですよ。オーナーが替わったんですから、気持ちにけじめをつけていただくため、っていうようなところでしょうか」

そのときにそう説明したのは、姉大路ではなかった。もうギャラクシー・グループにはいない人間だ。大文字屋が成海の手に落ちてからしばらくのあいだ、グループの中ではギャラクシー・デパートの親会社にあたる会社で、関連会社管理の責任者のような立場にあった男だったが、そのうちにいなくなってしまった。

目の前にあるコピーには、万年筆で「小野里英一」と大きな署名があった。いつも小野里がサイン用に使う、モンブランのマイスターで太字用のやつだ。そのすぐ右横に、すべての字画が外周の円にどこかで触れているという、小野里の自慢の実印が押されている。

（これに判子を押したときもあったなあ）

と漠然とした懐かしいような気持ちで読んでいた小野里は、第五項のところに来て愕然《がくぜん》とした。何度も読み返してみたが、気持ちが混乱してしまったせいか、意味がハッキリととれない。しかし、「退職後三年間はギャラクシー・デパートと競争関係にある会社に入りません」と誓約してしまっていることだけは、かろうじて理解できた。

姉大路は、小野里が第五項に行き当たって何度も行ったり来たりしている様子を微笑を浮かべながら眺めていた。署名するときには少しも気に留めずにいて、はるか後になってからやっと、決定的な事態に自分が巻き込まれ、縛られて身動きがとれない状態にあると悟る、そうしたビジネスマンをこれまで何人も見てきているのだ。姉大路にしてみれば、小野里など、そうしたパニックに陥《おちい》ったビジネスマンの名前を記載した、姉大路なりの長いリストへ追加されるべき一人にすぎない。

「何ですか、会社のほうでは小野里さんがギャラクシー・デパートをお辞めになるというような場合を想定して、その場合の退職慰労金のことについてご説明してほしいということでした。それで、退職慰労金ですが、小野里さんは会社の代表取締役でいらっしゃるわけですから、商法の定めによって株主総会で決めなくてはなりません。もちろん、グループが過半数の株を持っていますから、決議の内容そのものはギャラクシー・グループであらかじめ決定すればよいことです」

姉大路は、まことに事務的な話しぶりだった。取締役の退職金が法律上、株主総会のマターだということくらい、いちいち弁護士に説明を聞かなくとも、小野里はよく承知している。何度もそうやってギャラクシー・デパートを辞めた取締役たちに退職金を出してきていた。

小野里の気持ちなど何のお構いもなしに、姉大路は続ける。

「で、ギャラクシー・グループの内規では、同じ退任でもグループ内に残られる場合とグループ外へ出られる場合とでは退職慰労金の額に差をつけることになっています。ま、グループ外にお出になるときには、ギャラクシー・グループとしては、去られる方への感謝の気持ちを表す方法がそれ以後もうなくなってしまうので、多少とも厚くしようと、こういうルールになってまして。

それは、その書面の第五項にもありますが、グループ外へ出られた場合のノン・コンペティション・クローズ、非競業条項の適用の問題とも絡んでます。ま、退職された後、ギャラクシー・デパートの競争相手に就職されることをしばらくご遠慮願うわけですから、その分をコンペンセイトといいますか、補償をしなくては、という面があります。補償は毎月の報酬や年二回のボーナスの際にも十分に行われてきているはずなんですが、ギャラクシー・グループは、オーナーの方針で、これという方には物惜しみせずに酬《むく》いるやり方なんですね。

小野里さんの場合は、グループ内に残られるのと外へ出られるのと、どちらになられるんでしょうか。お決まりなんですか。私はまったくビジネスの中身のほうはわからないもので。あるいは失礼な質問かもしれませんが」

小野里は戦慄《せんりつ》した。全身の血が逆流してもこれほどのショックは受けないだろう。姉大路は小野里に「外へ出たら最後、デパート業界から追放してやる」と言っているのだ。小野里が南都デパートに入る話があることもすべて知っていながら、先ほどから何も知らないようなふりをして話しているにちがいなかった。

「はあ。会長からは『グループをもっと上から見てみろ』と言っていただいてますが」

乾いた喉の奥から無理やり声を吐き出した。この部屋に入ってからはじめて口をきいたことに、喋った後で気付いた。


小野里は、ナルミ・インターナショナルのビルの地下二階までエレベーターで降りたこと、そこで社用車に乗ったこと、運転手に会社に戻るように言ったことを何ひとつ覚えていなかった。気が付いたらギャラクシー・デパートの自分の部屋にいた。何年も座ってきた椅子に座って、いつものように腰を前に大きくずらす。小野里にとっていちばん楽な姿勢だ。

（辞めたら、霞《かすみ》を食って生きるしかない。

そんなことはできない。子供は二人ともまだ大学生だ。

田舎の両親への仕送りだって、馬鹿にはならん金額だ。

それに、いまの膨らんだ生活はどうだ。一体、女房に何て言うんだ。「これから三年間は金は入ってこない」と言うのか。ハワイの別荘まで買ってしまって。

ああ、それに家のローン。あんな大きな家にすべきじゃなかったんだ。第一、庭なんて月に何度も出やしない。もともとそんな身分の人間じゃなかったんだ)

これまで少しも負担に感じていなかった子供の学費が、急に重たく感じられてきた。私立に行っていることが恨めしかった。両親への仕送りは、小野里が密《ひそ》かに誇りにしてきたことだ。ハワイの別荘は妻が欲しがった。それに、小野里はつい最近、長年暮らしたマンションを売って、同じ広尾に土地を求めて一戸建てを建てていた。小野里の妻は、子供に手がかからなくなった分、新しく手に入れた庭で、はやりの英国風ガーデニングを楽しんでいる。小野里はバブルが弾《はじ》けた後に都心に土地を購入した自分を賢明な人間だと自画自賛していた。

ひじ掛けを中指と薬指の先ではじいて立ち上がる。

(いまさら生活を変えるなんて、不可能だ!)

変えるというのは、生活の程度を落とすということだった。

隣の真鍋の部屋を覗いてみた。不在だった。秘書室で聞くと、いるはずだという。思いついて役員専用の男子トイレに行ってみた。朝顔の前で頭を落とし、うつむきぎみの姿勢の真鍋が立っていた。

「おい、俺たちの首には首輪、それも鉄でできたぶっといヤツがはまってるのを知ってたか？　会社を辞めても三年は外れない首輪だ」

そう声をかけた。かけられた真鍋は、下を見つめていた顔を左にねじって小野里のほうを向こうとする。その拍子に体全体がつられて動きかけたので、あわててもとのほうに向き直った。

「え、何ですか？　犬の首輪がどうとかっておっしゃいました？」

真鍋が目の前の壁に向かったまま問いかけた。


大木弁護士の事務所に行くことは、真鍋が執拗《しつよう》に言い張った。

「ここまで来て、鉄の首輪がどんなものやら、自分たちじゃ見えやしません。たとえ見えたところで、どうしたらよいものやら、皆目見当がつかないじゃありませんか。まさか姉大路先生に相談する話じゃないでしょう。

大木ってのは、なかなか面白そうな弁護士ですよ。大学時代の同級生が銀行の副頭取をやってる。そいつが大木のことを『ウチの銀行にも昔からの顧問弁護士がいるけど、本当に困ったとき、とくに自分が直接手を下したことにからんで事件に巻き込まれたら、何が何でも大木って弁護士に頼みたいな。どうしてかって？　簡単だ。自分がもし弁護士で法律知識があったら、その知識を総動員してこうしたいと思うことをそのとおりやってくれる、という評判だからさ』と言ってました。社長、いまあなたが必要としているのは、まさにそういう弁護士じゃありませんか」

約束は真鍋が取った。翌々日の夜十時に事務所に来てほしいということだった。急いで会いたいと言うと、その時刻を指定されたのだ。

「裁判で争うつもりがおありですか？」

のっけから小野里は大木弁護士にこう言われた。

「裁判をやってみれば、勝てるかもしれない。しかし、裁判ですから勝つという保証はどこにもあり得ない。争わなければ、そういうアヤの付いた、失礼、そういう制限の付いた人間だという前提で受け入れ先と話をしなくてはならない。相手によっては、躊躇するでしょうね。もちろん、気にしないという会社もなくはないかもしれない。しかし、その場合でも、ギャラクシー・グループが裁判を仕掛けてくることは覚悟しなくてはいけないでしょう。あなたにとっては自分のこと一つだけど、ギャラクシー・グループにとっては、あなたと同じ立場に置いている人間が何百人もいる。千人を超えるかもしれない。だから、あなた一人のことと放ってはおけない。裁判に負ければ、お気の毒ですが小野里さん、あなたは裁判所によって仕事を差し止められる」

「裁判所が私に『働くな』って言うんですか。こりゃ驚いたな」

小野里はおどけてみせたが、大木は少しも顔の筋肉を動かさない。

「私が一体どんな悪いことをしたっていうんで、裁判所が私に働くな、なんて言うんでしょうか?」

今度は真剣な質問をした。大木は、

「悪いことをしたからではなくて、悪いことをするかもしれないから、です。『悪い』と言ったって、それはもちろん、立場のちがいです。要するに、相手の立場から見れば、小野里さん、あなたの能力が人並みでないから、金銭じゃ片づかない被害を成海氏の側が被りかねない、とそういうふうにギャラクシー側が言うと、裁判所がそのとおり信じるかもしれないということです」

「しかし、私はこんな羽目に陥るとわかっていたら、あんな書面にサインなんかしなかったんです。それはたしかです。真鍋もそう言ってます」

小野里がこう抗議すると、

「わかります、わかります。しかし、サインしたことはたしかです。それどころか実印まで押してある。そして、小野里さん、あなたは一人前以上の大人だ。何か特別な事情でもなければ、その書面を無効なものだ、ということは難しいと思っておいたほうがいい」

大木の言葉には、淀みがない。

「特別な事情、ですか。特別な事情かどうかわかりませんけど、私は社長になってから五年のあいだに、会社の売り上げを五〇パーセント、アップさせました。利益は三倍にはなっています。株価でいえば、二百円くらいだったのを、いまの千五百円にしました。増資もしましたから時価総額は十倍にはなっている。ということは、成海氏は私のおかげで、はじめに投資した三十億が三百億円になった、ということです。それも、ほんの五、六年のあいだのことですよ。いまギャラクシー・デパートの業績は順調と言っていい。同業他社にくらべれば大変な好成績です」

小野里には自分がムキになっていくのが我ながら情けなかった。しかし、話せば話すほど、成海の仕打ちは理不尽で冷酷なものに思われる。その成海の下でもがいている自分が哀れな気すらしはじめた。

「ほう、それは素晴らしいですねえ。五、六年で十倍ねえ。小野里さん、大したものだ」

大木は単純に感心していた。

「そうです。成海会長の持ち株は全体の半分強ですから、いまやギャラクシー・デパートの時価総額は六百億円になっているんです」

　数えきれないほどこの類の話はしてきた。それなのに、今日こうして弁護士の事務所に相談にきて話をしてみると、自分でも相当なことをやり遂げてきたのだという気持ちがこみ上げて誇らしくなり、ふと自分がいとおしいという気すら湧いてくる。

　しかし小野里は、業界で「ギャラクシー・デパートの癌」と呼ばれている京橋本店のことには触れないでいた。たしかにギャラクシー・デパートは不況業種であるデパート業界の中では優等生と言ってよかった。優良な個人の顧客には徹底したサービスをする。具体的には、そうした顧客が店にいるあいだ、一人のスタッフがすべての買い物の相談に応じ、フロアからフロアへついて回る。顧客はその場で支払いも何もしない。それなのに、帰りの車の中には自動的にすべての買い物が積まれているのだ。小野里が社長になってから、ヒンターランドに豊かな人々を持つ渋谷店で始めたことだった。こうした人々は、目先の安さには引かれない。逆に自分が特別扱いされ、楽に買い物ができることにプレミアムを払うのだ、それが癌細胞を隠して余りあった。

「それにもかかわらず、会長は私をクビにするという。それはいいとしましょう。いや、もうこちらから願い下げです。ところが、先生、私が他のデパートで働くのは許さないと、先生の同業者が言うんですよ。ひどいもんじゃないですか」

「姉大路弁護士は、すぐれた能力を持った弁護士ですよ。私はずいぶん昔からの付き合いです」

この大木の一言が、小野里にヒントを与えた。

「そうだ、それなら先生からあの姉大路弁護士に話してもらうというのはどうでしょう。昔からの知り合いなら、普通では話ができないこともおできになるんじゃないでしょうか」

「それは無意味ですね。私が彼の立場なら、『まさかそれで事が動くと思ってはいませんよね』と笑いながらあしらいますね。そして、付け加えます。『それとも、何か私の知らないことでもご存じなんですか』って。その質問に対してイエスという答えができるのでなくては、話してみたところで無意味だ」

(そんな固いこと言わないで、「ご想像にお任せしますよ」とでも言えばいいんじゃないのかなあ)

そう小野里は言いたかった。

「『何か』がこちらになかったら、結局喧嘩にならないんです。小手先のことでは、相手は動かない。そんなに甘い相手ではない。そんな弁護士では成海紘次郎ほどの人間が長年にわたって信頼したりしないでしょう。小野里さん、ご理解いただけるといいんですが」

大木が疑わしげに言う。小野里に理解できるはずがないとあらかじめ決めてかかっているようだった。大木が言葉を継いだ。

「そんなことより、どうして成海氏はあなたを追い出そうとするんでしょう。会社はうまくいっている。いままでうかがった限りでは、成海氏にはあなたを粗末に扱う理由がない」

「そこがわからないんです。真鍋ともいろいろ話したんですが、わからない。結局、『ナポレオンには一兵卒の気持ちはわからないということなんだろう』とでも言うしかないんです」

(同時に、下には上の気持ちはわからない、ということでしょうね)

この台詞を大木は心の中に留めた。そのかわりに、

「そもそも成海氏がギャラクシー・デパートを買収したのはどうしてなんですか?」

と尋ねた。

(ああ、この可哀そうな、小さなもの《ジス・プア・リトル・シング》! 目の前のこの男には、しょせん成海の心の奥底のことなどわからない。しかし、成海がギャラクシー・デパートについて何かをしようというのでなければ、この有能な経営者を切るはずはない。それに、どうして成海はこの男を死の淵に追いやろうとするのだろう。裏にどんな物語が隠れているのか)

大木にとっての至福の瞬間だった。

依頼者は大木に魔術を施してほしいと願って、大木のもとへやってくる。大木は弁護士で

魔術師ではない。しかし、およそ弁護士に相談したいほどのことなら、何かしら理屈の立つこと、少なくともその糸口があるものだ。そうでなければ、依頼者は悩んだりしない。自分が悪いと思えるようなら、自分が救われなくてはおかしいと思ったりはしない。

弁護士に相談して、どこかに救いの道を探ろうとするのは、もともと自分が不当な目にあわされていると感じているからだ。痛みがあって、部位も原因もわからないままに苦しんでいる。依頼者とは、そうしたものだ。その解決の糸口は、弁護士が探し出さなくてはならない。それが大木の一番目の仕事だ。

そして、この作業ほど楽しいものはない。相手にも大木自身にもわかっていない、相手にとっての大木の価値を自ら探し当てるのだ。それにしても、と大木は思う。

(この男は、ここまで出世の階段を昇ってきた人間だ。自分の弱点を、弁護士に「何もかも話してください」と言われて、すぐに喋ったりもしまい)

「どうして会長がギャラクシー・デパートを乗っ取ったのか、ですか。私なんかにはわかりませんねえ。でも、あのころ、たしかに大文字屋は成海紘次郎のような人を必要としていたのかもしれません。だから、内紛の結果とはいえ、銀行や保険会社なんかの昔からの大株主も株をギャラクシー・グループに売ったんでしょう。

内紛、なんて言われてますけど、何のことはない、昔、それも江戸時代に店を始めた先祖の家系が血統で会長をやっていたんですよ。その二十何代目かの大文字屋左兵衛さんは、実際には何も仕事をしてなかったんです。いえ、本当の名前は別にあるんですけど、大文字屋では、当主は大文字屋左兵衛を代々襲名するんです。経営の実際は、柴末さんがすべて仕切っていた。大文字屋は長いあいだ、そうした一種の所有と経営の分離でうまくいっていたんです。悪いのは、それなのに柴末さんのやることに文句をつけてきたオーナーサイドでした。オーナーと言ったって、株はもう数パーセントしか持っていないんです。戦後になって何度も増資を繰り返してきたあいだに、銀行だとか保険会社だとかが大株主になってました。でも私から見ていると、オーナーは悪い人じゃなかったんだけど、取り巻きがね。

おっと、ついつい長い話になってしまいました。

先生、こんなことお話ししても仕方ないんではありませんか」

小野里は肝心のことを話していなかった。大木は、微笑みを一瞬だけ浮かべると、元の顔に戻って、

「私が知りたいのは、どうして誰かが大文字屋を乗っ取ることができたかではなく、なぜその誰かが成海紘次郎氏だったか、です。小野里さん、どうして成海紘次郎氏は大文字屋を買収したんでしょうか」

と尋ねた。

「そうですね、成海会長には、デパート業界の不況を見越して、それを統合して新しいビジネスを創造してやろう、というような、途方もない野心があったのじゃないかという気がします。自分で言うのも変ですが、そうでなかったら、私が買収の直後に社長に抜擢《ばってき》されたりしなかったと思うんです。なにせ、買収が決まったとたん、それまで何となく柴末さんにすべて託されるだろうと皆思っていたのに、突然外に出てしまわれることになって、同時に私が何人もの先輩を飛び越して社長になったんです。

でも、その後、大文字屋以外の他のデパートの買収は、大文字屋のようにはうまくいきませんでした。成海会長なりにいろいろ試みられたようですが、私ら現場の人間には細かいことはわかりません。噂はいくつも聞きましたけどね。要するに日本の大株主って、値段の問題じゃなく、売らないんですね。ギャラクシー・グループがずいぶん高い価格を提示しても、大株主は結束していて、株を売らなかったそうなんです。会長も岸辺さんあたりには、『日本はおかしい』って不満をおっしゃっていたそうですけど」

小野里は、大文字屋を買収した後の成海の動きについてあまり知らないようだったが、それでも小野里の言ったことは、大木には大いに役に立つ。

「要するに、大文字屋をデパート業界再編の核にしようとしたけれど、うまくいかなかったということですか。それで、もう見切る、ということかな。売れば、小野里さん、あなたが頑張ったから、それなりにキャピタル・ゲインも出ますしね。成海氏は、売り飛ばす段になると、今度はあなたがいるとギャラクシー・デパートを売却するのに邪魔になるとでも考えたのでしょうか。いや、仮に成海氏がギャラクシー・デパートを売ってしまおうと思っているとしての話ですがね」

大木の問いは、小野里には虚を突かれる思いだった。小野里は、

「コスモス貿易の長島さんも同じことをおっしゃっていました。でも、会長が何を考えているのか、われわれにはわかりようがありません。雲の上にいて、ときどき雷を落としたり、雨を降らしたりする。しかし、その原因なんて、わかりようがありませんよ。まあ、会長の近くにいてグループ全体のことに関係している岸辺庄太郎氏みたいな人とか姉大路弁護士とかなら別なんでしょうが。私らは、単に会社の経営を請け負っている現場監督のようなものですから。一応、世間では社長、それも東証一部上場会社の社長ということになってますが、実態は、グループ全体を一つの会社と考えると、ただの部長ってところですよ」

と、自嘲《じちょう》気味に語った。大木はこれには何も答えず、

「少なくとも、いまのままのギャラクシー・デパートを続けていこうとする限り、あなたの見るところ、成海氏にはあなたを辞めさせる理由がない。それなのに、彼はあなたを辞めさせて、そのうえ、あなたを路頭に迷わせようとまでしている。何か理由が隠れている。合理

的に物事を理解できないときには、つねに何か未知のファクターが隠されているものですよ。多分、成海氏があなたを辞めさせたい理由を当のあなたが考えもつかないということは、成海氏がギャラクシー・デパートを売ることを考えているからでしょう。彼の持ち株である過半数すべてを一括して、誰かに。しかも、その理由はギャラクシー・デパートとは関係ないところにある、ということでしょうね。だから、ギャラクシー・デパートのことしか知らないあなたには、何が何だかわけがわからない。

ギャラクシー・デパートとは関係ないところ、ということは、ギャラクシー・デパート以外のギャラクシー・グループのどこかと関係している、ということでしょう。つまり、ギャラクシー・デパートだけを見ても、ギャラクシー・デパートのことはわからない」

と言った。

大木がそこまで言うと、小野里は、

「先生、申し訳ありませんが、ますますわからなくなりました。一体どうして会長は私なんかのことが憎いんでしょう。私なんか、会長からみれば虫けらみたいなもんなのに」

と困惑の表情を浮かべる。

大木は、少し話題を変える必要を感じた。

「小野里さん、ギャラクシー・デパートの経営を担当していらして、いちばん難しいと思われることは何ですか？」

「そりゃあ、先生、何と言っても人です。百貨店の現場の経営は、人に始まって人に終わる。それも、その人と私の関係じゃないんです、大切なのは。いちばん大事なのは、いろいろな人がいる、その中でのある人とその他の人々との関係です。一人の人間をやる気にさせるのは、そんなに難しくない。第一、そんなこと経営者が気を使わなくたっておのずといるもんです、そんなエネルギーにあふれたのが。しかし、その一人がやる気になっても、周りが動くかどうか。仕事というのはそれで決まる。往々にして、一人がやる気になると、周りはかえってやる気を失う、白ける」

さすがに経営の実際の話になると、小野里は言葉がほとばしり出てきた。

大木の頭に閃《ひらめ》くものがあった。

「こういうことは考えられませんか。問題は部下があなたについているからだ、と。もしこの会社を買おうという会社があるとして、そしてその会社が独自のカンパニー・カルチャーを持っていると自負しているとしたら、買い手はあなたがいなくなることを前提にするかもしれない。理由はよくわからないけれど、とにかく買い手としては、ギャラクシー・デパートをあなた抜きで買いたい。私が買い手なら、現在の社長であるあなたを排除するという不愉快なことは売り手に押しつけて、キレイになった後で買いたいですね」

「だからって、私をクビにするだけじゃなくて、どうして生活の手段まで奪うんですか」

小野里は大木の言っていることがまったく理解できないでいた。

「そりゃそうでしょう。あなたが競合会社に入って活躍されちゃ、ギャラクシー・デパートとしてはたまらないでしょうからね。それに、あなたには部下がついている。とすると、あなたがデパート業界で働くことになれば、あなたについていく人間も出るでしょう。あなたの行く先は、あなたのいなくなったギャラクシー・デパートにしてみれば、手強《てごわ》い競争相手になるわけだ」

大木は小野里の返事を待たずに、続ける。

「いいですか、小野里さん。どうやら食うか食われるかのようですね。あなたの武器は、あなたについている人。成海氏の武器は、過半数の株とあなたを縛る内容の契約書。追い立てて、路頭に迷わせる。しかし、法的には、あなたの契約の相手は成海氏ではなくて、会社、ギャラクシー・デパートでしょう。

さて、ここです。もしあなた自身がギャラクシー・デパートになってしまったら？　成海氏が頼りにしている契約書も意味を持たなくなる」

「何ですって、先生。『私自身がギャラクシー・デパートになる』って、どういうことですか？」

先ほどから一方的に続く大木の話に、小野里は少し苛立《いらだ》ち始めていた。大木は、もう一度微笑すると元の表情に戻り、小野里の両方の目の玉を刺し貫きでもするように真っすぐに見つめながら宣告した。

「あなた自身がギャラクシー・デパートになる、とは、あなたがギャラクシー・デパートを買収することです。人はあなたについている。だから、あなたには可能性がある。MBOという言葉を聞かれたことがあるでしょう。マネジメント・バイアウト、あれです」

小野里は首を振るばかりだった。小野里の胸の中に後悔と絶望が広がった。

（だから弁護士なんかに相談しても、どうにもならないんだ。しかし、もう長島さんにも相談できない。それどころか、せっかく探してくださった南都デパートのことをお断りしなくてはならない。一体なんて説明するんだ。「自分でも知らなかったんですが、非競業条項っていうのが私の自由を奪っていまして、私はもうデパート業界では働けない身なんです」なんて言えるもんじゃない。

どうしたらいいんだ。俺はもう終わりだ）

小野里が姉大路弁護士に呼びつけられたことは、すぐにギャラクシー・デパートの従業員のあいだで噂として広がった。そして、誰が言いはじめたのか、小野里の解任は成海がギャラクシー・デパートを外資に売り飛ばしてキャピタル・ゲインを稼ぐためだ、という尾ひれも付いた。

「社長、困ったことです。組合の連中が『一体社長はどうする気なんだ？』って騒ぎだして、すぐに答えが出てこないのなら、正式に団交を申し込むと息巻いています」

お話があると言って小野里の部屋に入ってくると、開口一番、真鍋は眉のあいだに皺《しわ》を寄せた顔を小野里の机の上に突き出すようにして、話しはじめた。

「どう答えてやったらいいんでしょうか」

組合員たちに説明が必要と言っているが、実は真鍋自身が小野里の答えを知りたいのだ。大木弁護士の事務所を訪ねてから、まだ一週間も経っていなかった。帰った日には、真鍋には大木弁護士に会ったということの他、ほとんど何も説明しなかったから無理もない。しかし、これからどうしたらいいのか、聞きたいのは小野里のほうだった。

「組合の連中は何を問題にしているんだ。『社長はどうする気だって』って、何の話なんだ。何をどうするって言ってるんだい、連中は？」

小野里にはわかっていた。組合は不安なのだ。ギャラクシー・デパートが外資に売られれば、直ちにリストラという名のクビ切りが始まると恐れている。

（ふん、日本人の俺ならとても連中相手に人員整理なんかできっこないというわけか。腰抜

け日本人社長をいただいているほうがいいというのが、ウチの社員連中の考えなのか）

　これまで何度も抱いた感慨の繰り返しだった。美辞麗句を並べていても、結局のところ、組合の発想の根本はいつも「親方日の丸」でしかない。それではだめなのだ、と何度口を酸っぱくして呼びかけてきたことか。そのたびに組合は「断固貫徹」と言う。小野里が何か譲ってみせれば、その結果なにがしかの成果を挙げたことになる、そしてその見返りに効率の改善への全面的な協力を口先で誓ってみせる。

（しかし、たしかに、この俺は人減らしなんてことをするつもりはない）

　何ヵ月か前の成海とのやり取りを思い出す。三田のナルミ・インターナショナルでのことだった。

「会長。おっしゃっていることはよくわかります。でも、いまは無理です。三ヵ年計画を作成中で、その中で人員の一五パーセント削減を達成することを予定しています。それで何とかご勘弁いただくわけには参りませんでしょうか」

　小野里がそういうと、成海は机の上のモニター画面を眺めたまま、

「勘弁？　小野里君、君は変な言葉を使うねえ。問題は、株主にとって、君の言う三ヵ年計画に沿った人員の削減がベストなのか、それとももっとたくさん、早くやるべきなのか、ということだろう。ギャラクシー・デパートは上場しているんだ。君の顔は、まずどこに向か

なくちゃならないのかわかっているだろう。株主さ。それ以外にない。そんなこと、この僕に言わせるなよ。三年、一五パーセントがベストなら、堂々とそう言いたまえ。そうでないなら、ベストなことを選び出してそれを実行しろ。それだけだ。部下のクビを切れない男は、人の上に立つ資格がない。君はどっちかね。

僕は一株主として、三年、一五パーセントがベストとは、とうてい思えない。それだけは言っておく」

そのやり取りのあいだ、成海は一度も小野里のほうを見ないで、指はキーボードを弄《もてあそ》んでいた。

(あのとき、俺は体を張ってでも従業員を守ろう、と決心していた。そして、それができた、と自分でも内心得意だった。しょせん甘ちゃんだったということか)

「社長、いいですね。組合の連中には、『社長にお考えがあるから、信頼して待っていてくれ、そんなに時間はかからない』って、そう言ってやりますからね」

ぼんやりとしている小野里に、痺れを切らしたように真鍋が言葉を投げつける。

小野里は、答えるかわりに、ふと心に浮かんだ言葉を口にした。

「時は今」

小野里の口をついて出てきた一句は、明智光秀が本能寺の信長を襲う決意をする直前の連歌の会で書き記したものだ。全体は、「時は今　天が下知る　五月かな」という。

小野里は、誰にも相談しなかった。深夜、誰もいない会社の自分の部屋で一人、苦しい分析を試みた。天井の電灯《あかり》を全部消して、手許のクリプトン球のスタンドだけ点けていた。

（一つ。このままギャラクシー・グループに残ることは、あり得ない。

本当に、そうか。しばらくしたら、成海は俺をグループのどこかで使ってくれるんじゃないか。問題は、俺のことを成海が「使える部品」だと思うかどうか、だ。もし思わなければ、俺は月二十万で暮らさなくてはならない。いや、それだって危ない。

二つ。外へ出たら、どうなるか。

姉大路弁護士が、成海の指示で俺の首輪を外さない限り、俺には働く場所はけっして見つからない。いや、あるかもしれない。同じ業種でなければよいのだ。しかし、そんなところでは、俺は赤子と同じことだ。いまの年収ほどの金額を誰も払ってくれない。この歳で新人になって新しい仕事に就くということだ。

二つに一つしか、ない。残っても、出ても、どちらにしても、暮らしていけるだけのものは手に入らない。退職金など当てにならない。出口なし。

そうなのか？

あの弁護士は妙なことを言っていたぞ。

「あなたの契約の相手は成海氏ではなくて、ギャラクシー・デパートだ。あなた自身が会社になったら契約書は意味をなさない。あなた自身が会社になるとは、あなたがギャラクシー・デパートを買収することだ」

どういうことなんだ。どうしたら、この俺が会社を買い取るなんてことができるんだ。MBO、マネジメント・バイアウト？　経営者が会社を買収する？

そんなカネはない。あれば、ギャラクシー・デパートでサラリーマンをやっていない。

一つ目もダメ、二つ目もダメ。しかし、三つ目なんていうものが、本当にあるのか。

とにかく、もう一度あの弁護士に会ってみよう。そうしてみても、何もマイナスはない)

翌日、小野里が二度目の面会を申し入れると、大木は上機嫌でその次の日の朝食を一緒にしようと言った。

「コロンビア・クラブ」は麻布の狸穴《まみあな》にある。大東京の中の小さな租界といった趣を備えていて、バターとコーヒーの匂いに、若いビジネスマンの父親と幼い子供が英語で話している声が混じっている、そんな雰囲気のところだ。とはいっても、朝の八時では、まだ人は少ない。大木は三階の個室を予約していた。大きな窓の外にまだ眠気を引きずったままの東京がだらしなく広がっている。

「やあ、おはようございます」

小野里が八時きっかりにその部屋に行くと、大木が読んでいた書類から顔を上げて挨拶を投げかけた。小野里はあわててその場で立ち止まって、両足を揃えてから律儀に一礼した。注文のあいだももどかしい、といった様子で大木が質問する。

「決心がつきましたか？」

小野里は正直に、

「その、どんな決心をすればいいのかをうかがおうと思って、それで先生のお時間をちょうだいしようと」

と答える。大木が大きな笑い声をたてた。

「いや、これはこれは」

一転して、大木はゆっくりとていねいに説明を始めた。そのあいだにも、給仕される片端から料理を片づけていく。

大木の説明の要旨は、誰か小野里に経営を任せたいという投資家を探してきて、その投資家に第三者割当増資をして、小野里支持派の株でギャラクシー・デパートの株の過半数を握ろう、ということだった。

いまのギャラクシー・デパートでも、金融機関など大文字屋当時からの株主は、小野里を支持してくれている。金融機関だけではない、その他にも取引先などが相当数のギャラクシー・デパートの株を保有していた。そうした株主の支持は、いわば大文字屋時代からの一貫した経営者支持の勢力で、一六、七パーセントはあった。ギャラクシー・グループが過半数の株主になってからは、こうした株主は目立たなくなってしまっていたが、それでも定款の変更といった株主の三分の二の賛成を必要とする議案が株主総会に提出されるときなどには、ありがたい存在だ。

大木の説明するところでは、こうした株主の票が基礎票としてあるのだから、後は今発行している数の七割くらいの数の株式を新たに発行すればいい、その新株を小野里を支持してくれるところへ割り当てれば、既存の金融機関や取引先の一六、七パーセントと合わせて全体の過半数になる、ということだった。七割増やして十七割を分母にすれば、分子のほうがもともとの一六、七パーセント、つまり一割六、七分の旧来の株主勢と新たな割当先の七割を足した合計数である八割六分か七分になるから、十七分の八・六か八・七で過半数になるというのだ。

問題は、株主として小野里を支持することを前提にして、その七割もの株を引き受けてくれるところがあるかどうかだった。ギャラクシー・デパートの発行済み株式の数は約四千万株だったから、七割というと二千八百万株になる。一株千五百円が市場での値段だから、仮に大木の言う一〇パーセント程度値引きした価格で割り当てるとしても、四百億円近い金額だった。

「しかし、そんなこちらの都合のいい割当に応じてくれるところがありますかね？」

小野里は半ばため息をついた。

「実感のこもった、質問とも感慨ともつかないお言葉ですねえ」

大木がまた笑った。

「ありますとも。あなたは五年で成海氏が投資した三十億を十倍の三百億に増やしてあげた経営の名人《ヴィルトウオーソ》でしょう。その人間が経営するんだ、とそう言って大威張りで投資を募れば、まちがいない、投資家が殺到しますよ。そういう時代なんです」

「でも、もう一度同じことをやれと言われてもねえ」

小野里は相変わらず、元気がない。

「そりゃそうです。もう三十億からといった小さな話じゃないですからね。第三者割当増資をやっただけで時価総額は一千億を超えます」

一千億と聞いて、小野里の胸が高鳴った。ビジネスの世界に暮らす者なら誰にとっても、一千億の企業のトップに立つことは大きな夢だ。小野里は思わず、

「一千億を、これからの五年で、一体いくらにすればいいんでしょうか？」

と、自分でもびっくりするような力強い声をあげていた。そして、その瞬間、大木を信頼して一緒に走ってみよう、と決心していた。

（どうせ、他の道はふさがっているんだ）

という考えが浮かんだが、今日はかえって力がみなぎってくる。

長島康夫のことを、出会いからの概略と今回の相談を含めて、大木に説明した。長島とは大木も昵懇《じっこん》だという。結論としては、小野里ができるだけ早く長島に会い、大木との今日の話を相談する、とくに投資家を探してもらえるかどうかをきいてみる、ということになった。

時計を見ると、まだ九時にもなっていなかった。


電話で恐縮しつつ相談したが、いつもと少しも変わらず、長島康夫は親切だった。「私の秘書から十分以内に電話がかかってこなかったら、草戸部良太という人に電話してください。いますぐ私が電話して話しておくから」と言ってくれた。

草戸部良太は、以前長島の部下だった男で、「コーポレート・ファイナンシャル・アドバイザー」という肩書で動き回っているということだった。まだ四十歳そこそこだという。自分のやっているコンサルタント会社のスタッフを使っての投資プロジェクトのプレゼンテーシヨン用の英文資料作りなどもお手のものだったから、ギャラクシー・デパートの人間を使うことのできない立場におかれている小野里としては、ありがたかった。長島によれば、草戸部という男は「私と密接に連絡を取りながら行動している」ということで、一種長島の三本目の手のような働きをしている、不思議な立場の人間のようだった。

草戸部からの連絡は、三日後に入った。ニューヨークのケイレツ・ファンドがこの話に興味を示したという。

ケイレツ・ファンドというのは、最近アメリカではやりのプライベート・エクイティ・ファンドの一つの呼び名だ。ケイレツは、もともと日本語の「系列」から来ている。これまでのように、ばらばらに関連性のない企業に投資をするのではなくて、相互に関連している先に投資するばかりか、さらに積極的に投資先同士を互いに結び付けることによってシナジー効果をあげ、より大きなリターンをめざしている。ただし、経営そのものについては、助言をしたり場合によって人を派遣することはあっても、基本的には投資先の経営者に任せるという態度をとることが多い。というよりも、そういう経営者のいることが、投資先の選定基準の一つになっているのだ。

「マウンテン・ファンドという名のファンドを率いているジェレミー・ハワードという男が会ってもいいと言っているので、すぐにニューヨークに来てほしい」と草戸部に電話で言われて、小野里はいささか戸惑った。それはそうだ。一体何の用事でニューヨークに行くと会社に言ったらいいのか、見当もつかない。

不思議だった。いままで会社のために何十回海外出張をしたか覚えてもいないが、数えきれないほどであることはたしかだ。しかし、社長である自分の出張の目的について会社にうまく説明しなければならないと感じたことなどない。

第一、海外だろうが国内だろうが、自分自身が会社なのだから、出張は自分で決めた。グループの会議や成海に呼ばれての出張のときは例外だったが、誰の許可も要りはしない。

今回だって、誰かの許可が必要なわけではない。しかし、飛行機のチケットを秘書に取らせることからして、何の件での出費ということにしたらいいのか。突然休暇をとるというのも、そもそも休みをとることがなかったから、ひどく不自然な気がした。

結局、ニューヨークのビジネス上の友人に電話して、その男に、ある投資プロジェクトに関してどうしても早く会って話したいという内容のeメールを入れてもらった。それから、その男にもう一度電話をかけ、半時間ほどお互いの状況について雑駁《ざっぱく》な話をして切ると、秘書に飛行機のチケットとホテルの手配を命じた。いつものヒルトン・インターナショナル・アンド・タワーズでなくピエールに部屋を取るようにと言われて秘書が一瞬怪訝《けげん》な顔をしたが、小野里はそのまま何も言わなかった。草戸部に、ホテルは超一流のところにするようにとアドバイスされていたのだ。

出発の朝、いつものように玄関に送りに出た妻が小野里に、

「あなた、私なんだか心配。長島さんがついていらっしゃるんだから大丈夫なんでしょうけれど、でも心配。忘れないでね、子供たちがいなくなってから後の人生、あなたが会社へ行かなくなってから後の人生、私たちは二人きりで二十年も生きるのよ」

と、小声で囁《ささや》くように言った。

前の夜に、小野里は妻に今回のニューヨーク出張の目的を話したのだ。仕事の話は、愚痴として酔ったときなどに小野里の口から漏れることはあっても、ことごとしく構えて詳しい話をしたことなど、これまで一度もなかった。しかし、小野里は今回は特別のような気がしたのだ。小野里に頼って人生を生きている、そしてそのことを小野里がよしとして受け入れている一個の人間に対する、最低限のマナーのような気もした。もし小野里が失敗すれば、彼女は何がなんだかわからないままに、人生の落とし穴に小野里と一緒に落っこちてしまうのだ。少なくとも、落とし穴の上を通るしかないとすれば、そのことくらいは言っておきたかった。

(愛しているから？　いや多分、これは愛情なんかじゃない。俺の卑怯《ひきょう》さ、姑息《こそく》さの表れっ

てところなんだろうな。すべてが暗転した後になって彼女から責められないように、「こういう可能性もあるよ」とあらかじめ言っておく。彼女の自己責任ってわけだ。ところが、考えてみるまでもなく、そう言われたからって、彼女のほうでは何の対策も施しようがないのは、わかり切ったことだ）

目の前の、着古して袖口が広がってしまったセーターを着ている、皺が増えシミの浮いた顔を曇らせているのは、かつて三十年前に「ミス大文字屋」と言われた女性だ。小野里は、妻がその一生のうちでいちばん美しかったときに出会い、結婚した。ほんの少し下ぶくれの頰と色白の肌、そして何よりも何もかも吸い込んでしまいそうな大きな瞳が、小野里を引きつけて、他の男たちとの闘争を勝ち抜かせた。結婚退職で大文字屋を辞め、以来妻は働いたことがない。いまの小野里にとっては、妻の顔にある皺の一本一本、シミの一つ一つが、そうと口に出して言われなくとも、小野里へ突きつけられた請求書の一枚一枚のような気がする。それも、けっして支払うことのできない額が記入されている請求書だ。はじめ請求書に金額など記載されていなかった。小野里の知らないうち、ふと気がつくと、途方もない金額が何者かの手で記入されていたのだ。

「忘れないでね、私の青春はすべてあなたに捧げたのよ」

妻の顔の皺やシミは声を出さずにそう叫んでいる。何か少しちがうという気もする。しかし小野里には責任があった。小野里はそのことを強く自覚していた。

(責任と愛情はちがうだろう。責任はわかる。振り出した手形は落とさなくてはならない。では、愛情とは何か。「相手のために自分が何をすることができるか、その量が愛情の量と等しい」と言った男がいた。そうだとすると、俺は妻を愛しているのか?)

その問いに、小野里の確たる答えはない。しかし、

(少なくとも、俺は亭主としての義務は人並み以上に果たしている。子供、家、それに生活レベルだって結構なものだ。そのことを世間では「愛している」と表現するのではないか)

小野里がそんなことを考えていると、突然、

「アメリカなんていう遠い場所に行ってしまうと思うと、とっても心配なの。本当は、日本にいてもどこにいても同じことのはずなんだけれど、私っておかしいわね」

と言う妻の声が聞こえた。いつもの妻の、いつものやさしい声だった。いつもの微笑みだった。小野里が一生を共に送りたいと二十七年前のある一瞬に決心したときにあった、あの弾む春のような微笑だ。

(それは、しょせん単なる筋肉の軽い痙攣《けいれん》にすぎないというのか。

そうであってたまるか!)

小野里は、唇を嚙みしめたまま迎えの車に乗り込んだ。

3

ジェレミー・ハワードのオフィスは、五番街と三十丁目の角近くにある、びっくりするほど古いビルの四十七階にあった。

小野里は、ニューヨークに行くたび、何十階という摩天楼《スカイスクレイパーズ》が何とも古色蒼然《こしょくそうぜん》としていることにアメリカの資本主義の歴史の厚みを感じてきた。日本では何十階もあるビルのどれもが新しい。それどころか、三十年にしかならない超高層ビルすらもリニューアルしないではおれない国柄なのだ。

しかし、マウンテン・ファンドのオフィスの内装は、ビルの外観とまったくちがった。それだけではない。受付の女性は成熟した大人の女性だった。小野里を連れた草戸部が来意を告げると、

「イエース、ミスター・クサトベ、お待ちしておりました」

と、まるで事務所中が草戸部と小野里の来ることを首を長くして待っていたような満面の笑みを作ってみせる。

草戸部は以前からジェレミー・ハワードと知り合いのようで、会うなり自分のほうから

「ハーイ、ジェリー」と呼びかけ、相手からは「リョータ」と呼ばれて、互いに抱きつかんばかりだった。ジェレミー・ハワードは間を置かずに小野里に向かうと、小野里にも「ジェリー」と呼んでくれと言った。小野里も、待ってましたとばかり、「コールミー、エイ、プリーズ」と答える。エイイチという名は英語国民には発音しにくいことを経験から学んでいたのだ。

ギャラクシー・デパートの概要については、草戸部からもう説明がしてあったのか、ジェレミー・ハワードは相当の知識を仕込んでいた。そして、その知識を基に、しきりに将来のこと、とくに今後五年間のキャッシュ・フローと株価の見通しに興味を示した。小野里がギャラクシー・デパートの損益の見通しについて述べても、そんなもの、とあまり関心のない様子だ。

それから、小野里を横に置いたまま、草戸部とジェレミー・ハワードはギャラクシー・デパートの株価について議論を交わしはじめた。

といっても、実のところ、小野里の英語の能力では二人の会話の中身はよくわからない。ただ途切れ途切れに、「シェア・プライス」だとか「エクイティ」という言葉が挟まったり、話の途中で草戸部が小野里に株価の見通しや将来の増資の可能性について日本語で尋ねるので、そう思ったのだ。

ミーティングが終わったときには、明日は通訳を連れてこようと決心していた。

夕食を五十三丁目にある日本のステーキハウスの出店でとりながら、小野里はその日話された内容について草戸部から説明を受けた。表紙の古い革がすり切れかけている分厚いシステム手帳の該当ページを繰りながら、草戸部は詳しく説明してくれた。先ほどジェレミー・ハワードと話をしているあいだには大してメモを取っている様子はなかったが、ホテルに戻って夕食に出かけるまでのわずかの時間にまとめたものらしかった。

草戸部の言うところでは、マウンテン・ファンドとしては、ひじょうに前向きの反応だったということだった。ただ、全体を自分のところだけでやるよりは、危険分散という意味で、どこかのファンドに声をかけることも考えてみたいと言っていたらしい。それから、小野里が経営者として何年残ると確約するのかを気にしているという。

「ところで、小野里さん。あなたはご自分の出資について、どう資金調達をされるおつもりですか?」

ひとしきり話が終わったところで、草戸部が小野里の顔を覗き込みながらきいた。小野里にとっては、想像したこともない質問だ。

「親類縁者を回らなくてはならないですかね」

元気のない声でそう答えると、草戸部が吹き出した。

「小野里さん、あなたは大した方だ」

小野里は草戸部の言葉の意味がわからないで黙っている。

「私をご信頼いただいて大丈夫です。私は今回の取引で大いに儲《もう》けさせてもらうつもりですけど、小野里さんを天秤《てんびん》にかけたりはしませんよ。私はつねに小野里さんの味方です。長島さんから『くれぐれも小野里君のことをよろしく』って言われているんですからね。それに、小野里さんには大木弁護士がついているそうじゃないですか。私を信用して、小野里さんのMBO計画の全体像を話してください」

と穏やかに話した。周囲のざわざわとした話し声にもかかわらず、胸にすっと入ってくる、澄んだ低い声だ。

「では、正直に言います。自分の出資の資金なんて、考えたこともありません。私はべつに自分が個人として金持ちになりたいとか、カネが欲しいとかで今度のことを始めたわけじゃないんです。ただ、私の会社、失礼、まだ成海氏の会社と言うべきなのかな。私と一緒に会社で働いている人々にとって、この会社がどういう会社であるのがいちばんいいのか、成海氏の支配する会社のままでいいのか、そうじゃないのか。それを考え詰めた結論が、成海氏のようなオーナーなんていない会社になるべきだということだったんです。もし今回の第三者割当が成功すれば、ギャラクシー・グループの持ち株は三分の一を下回ります。他方、第三者割当を引き受けてくれるマウンテン・ファンドにしても四割強で過半数には届かない。誰も過半数を押さえていない。それがいいんです。ですから、私はこの計画がＭＢＯだなんて、これっぽっちも思っていません」

小野里がぽつりぽつりと喋るあいだ、草戸部は黙って手元の赤ワインのグラスを見つめながら耳を傾けていた。小野里が言い終わると、草戸部の顔に浮かんでいた「呆気《あっけ》に取られた」という表情が消えて真顔になっていた。

「そうですか。わかりました。どうやら私の仕事の範囲は、はじめに長島さんに聞いて想像した以上のもののようですね。いや、それで結構、結構。私もかえってやりがいがあるというものです」

と言って、

「とにかく、小野里さんのこの計画への姿勢は十分に理解させていただいた。しかしね、かれらは理解しないでしょう。かれらには理解できない、小野里さんの言うことが。小野里さん個人にとって何のメリットもない計画を小野里さんが説いたところで、かれらは逆に『この男は投資家であるわれわれに何か隠している』と疑いを持つだけです。多分かれらは疑心暗鬼に陥って、投資しないという結論を最終的に出すでしょう。どんなに素晴らしい計画に見えてもそうです。なぜなら、何か得体の知れないものが隠れている、とくに経営者がそいつを隠している会社なんかへは、誰もカネなんか注ぎ込まない。かれらにとって、経営者の性格というのは、数字化することは難しくとも、最も重要な判断要素の一つなんです。

いいですか、小野里さん。小野里さんにいまカネがなくて、大した株を買うことができないということは、どういうことか、考えてみてください。いえ、かれらにどう見えるか、ということです。

それは、かれらから見ると、小野里さんがギャラクシー・デパートの株を買うからカネを貸してくれと言っても誰も相手にしてくれない、ということなんです。ということは、誰も小野里さんの計画を信用していない、ということです。かれらの世界では、小野里さんのような人には必ずカネを貸してくれる人が出てくるんです。そこのところがこの国は日本と根本的にちがう。

小野里さん、いまの小野里さんの立場は、大変な価値を持っているんです。そうでしょう、小野里さんがギャラクシー・デパートの現職の社長で取締役会を支配しているのでなければ、この話はあり得ないんだから。どうしてか、わかりますか」

草戸部の話はだんだん熱を帯びてきて、そのうち自分で自分の話していることに夢中になって、右手に持ったナイフを空中高く振り回しはじめた。

「小野里さんのやろうとしていることは、ギャラクシー・デパートの社長でありながら、オーナーを替えようということなんですよ。

いや、それ以上だな。単なる雇われ社長から社長兼ハーフ・オーナーになろうとしている、と言ってもいい。もう半分のハーフ・オーナーはマウンテン・ファンドだ。となると、現オーナーの成海紘次郎はオーナーの地位から滑り落ちるだけじゃない、小野里さんがさっき言ったとおり、ただのポートフォリオ・インベスターだ。わずかばかりの配当と、あるかないか知れないキャピタル・ゲインだけを楽しみに株を買っている、そこらのサラリーマン投資家と本質的には同じことになってしまう。哀れな話じゃないですか。こっちから見れば、こんな痛快なことはない」

そこまで話したところで、草戸部はナイフの先を天井に向けて高々と突き立てていることに気付いて、そっとテーブルに戻した。反対の手に握ったフォークで目の前のステーキの一切れを口の中に放り込み、二、三回嚙んだだけで飲み下してしまうと、また話しはじめる。

「小野里さん、これ、やりましょう。ただし、そのためには、この計画を小野里さん個人にとってもメリットのあるものにしなくてはいけない。そうしなくては、この街では誰も信用してくれない。

多分、ストック・オプションの類になるんでしょう。帰ったらさっそく大木弁護士に相談しましょうよ。明日のところは、五年はこの会社にコミットする用意があること、それから、個人としてのメリットはストック・オプションを考えているが、この制度は日本では新しいことで、何より税務上の問題がまだあるので、検討中である、とでも言っておけばいいでしょう。

今度はかれらが日本に押っ取り刀で駆けつける番のようですね。そのときには、こっちの要求、投資する以上は最低五年は株を保有し続けること、株の買い増しをしないこと、経営がうまくいっている限りは干渉しないこと、それに売却するときは必ずこちら側に優先的な買い取り権を認めることとなんか要求してやろうじゃないですか」

なぜ投資家のほうが急ぐ話になるのか、小野里が不思議に思っていると、草戸部がその疑問を察したかのように、

「カネは世界中にある。どこにあるのでもいいんです。色はついてない。瞬時に東京にやってくる。しかし、ギャラクシー・デパートは日本にしかなくて、ギャラクシー・デパートの社長は、日本に住んでいる日本人の小野里英一という男一人きりなんだ、っていうことですよ」

そう言って愉快そうに笑うと、グラスに残ったボルドーの赤を飲み干した。小野里は、草

戸部が一体どういう経歴の男なのか、昔長島の下にいたということの他、ほとんど何も知らないでいることに、はじめて気付いた。

帰りの飛行機が成田に着くと、小野里は飛行機の出口から税関を通るまでのあいだにケイタイから電話を大木弁護士にかけて、その日のうちのミーティングの約束を取り付けた。

「お帰りなさい。ご苦労さまでした」

大木の事務所の広大な会議室に小野里が真鍋と二人で座って待っていると、大木弁護士が勢いよくドアを開けて入ってきて、声をかけた。小野里は大木の声の調子に、どこか同志に対する労《いたわ》りのようなものを感じて、立ちあがると深々と頭を下げた。大木の後ろには、辻田美和子弁護士、それに若い男の弁護士が一人続いている。

向かい側に座ると、大木が、

「二つ、お話ししましょう」

といった。

「一つは、増資のこと。もう一つは小野里さんたちの個人的な立場のこと。

実は、この二つの話をするのは、なかなか難しいんです。いや、中身もそうですが、その前に、お二人にぜひご理解願いたいことがあるんですよ。

それは、この事務所は誰のために働いているのか、ということです。

いや、『そんなこと決まりきっている、ギャラクシー・デパートのためだ』とおっしゃるでしょうが、小野里さんたち個人の利害が必然的に絡むので、そうは簡単にいかないんです。まあ、要はどうして今度の第三者割当増資をするのか、ということです。

私の答えは簡単です。会社のためです。それが、ひいては株主、従業員、取引先、金融機関、そして広く社会全体といったさまざまな利害関係者《ステークホルダー》のためになるといったことは、まあそれとして、端的に言って第三者割当を経営陣である取締役会が決定するのは、会社にとって必要だからです。

同じ原則が、役員や従業員へのインセンティブ・プランを作るについても貫徹していなくてはならない。いいですか、小野里さん、真鍋さん、お二人はじめ取締役のみなさんは、自分と会社との利害の抵触に敏感でなくてはいけません。取締役として会社に忠実でなくてはいけない。取締役が会社と利害の相反する取引をするときには、取締役会の承認が要るということはご存じでしょう。あれですよ。

だからといって、役員や従業員を対象とするインセンティブを設けてはいけない、ということにはまったくなりません。そうしたインセンティブ・プランを作ると、皆いっそう働くようになって、会社として儲かるということなら、会社にとって大いに結構な話ですからね」

どうやら大木は、ニューヨークに残った草戸部からすでに話を聞いているようだった。小野里にしてみると、大木が利害の抵触だとかインセンティブ・プランなどと言うことに少し不満な気がした。今回のことはもともと自分の私利私欲などから始まったことではないのだ。

(しかし、結局は同じことではないのか。なぜ、この俺はこの計画を実行しようと思っているのか。しょせんは、自分のため、ということになるのではないか。いやちがう。俺はカネ欲しさでやっているんじゃない。成海のやり方が許せないから、それでは従業員が可哀そうすぎるから——いや、俺の心の奥底でそいつは本当に本当か)

大木と真鍋が、辻田弁護士のあげるインセンティブの方法のいろいろな事例をめぐりながら細かいテクニカルな話をしているあいだ、三人の話を聞くふりをしつつ、小野里は黙って一人で考え続けていた。

(結局、これは何のため、誰のためなのか)

「いちばん重要なことは、小野里さん」

話題を切り換えて、大木がよく通る、少し甲高い声で話しはじめた。小野里は大木のほうに注意を戻した。

「増資が本当に会社のために必要だということです。第三者割当増資を発表すれば、直ちに成海氏側は差し止めの仮処分を申し立ててくると思わなくてはいけません。つまり、『増資という形で資金調達する必要など会社にはないのに、株式による支配権を経営者が獲得するだけのために第三者に株を割り当てようとしている。飼い犬が主人を嚙むどころか、主人になりかわろうとしている。だから、そういう増資は許されない』と言って、裁判所に増資を差し止める命令を出してくれ、と頼むということです。

ところで、取締役の中には成海氏側に忠誠を励む人もいるんでしょうね」

大木の問いにどう答えたものか、という迷いが小野里の心に起こる。たしかに何人かいるのだ。

「一人もいません、取締役会は一枚岩です、と言いたいところですが、います」

小野里が声を出す前に、真鍋が間髪を入れずに応じた。小野里が言いにくいことはすべて自分が犠牲になって引き受けようという真鍋の気持ちが、痛切なものとして小野里の胸にしみる。

「取締役会全員で十七名ですが、五人は社外、つまり成海の手足ということです」

真鍋が説明を始めると、辻田が驚いた様子で、

「まさか、取締役会の過半数は大丈夫なんでしょうね？」

と声を落として尋ねた。今度は小野里の番だ。

「先生、それは心配しないでください。私ども二名と社外の五名を除いた十名は、皆私が取締役に引き上げた人間たちです。そして、誰よりも会社のことを思っている連中ですよ」

「そうですか。ですが、弁護士というのは、少なくともこの事務所の弁護士たちは、職業的な意味で、とっても疑い深いのが揃っているんです」

そう辻田弁護士が、真剣味のこもった調子で言った。二人の表情が陰ったのを見逃さず、大木が、

「そうそう。中でも辻田弁護士なんか、目の前のラーメンが本当に存在しているのかどうかについて論理的に納得いく答えが出てからでないと割り箸を割らないいんですよ。もしラーメンが存在しないとすれば、割ってしまった割り箸だけでなく、割るために費やしたエネルギーも無駄になる、って言うんです」

と冗談を言って、その場の雰囲気をほぐした。小さな笑い声が漏れる。自分の言葉の効果を確かめるように一瞬間をおくと、また大木が話しはじめた。

「実は、私も相当辻田と似てましてね。とくに依頼者が楽観的だと物事がますます悲観的に見えてしまう。悪い癖です。でも、もっと悪いことに、私の勘は当たることが多い。

取締役会の過半数は、MUSTです。これが崩れたら負ける。そのためにできることはすべてやりましょう。ところで、常勤、非常勤と分けたらどうなんですか」

「常勤はすべて大丈夫です。非常勤が五人いて、さきほど真鍋君が言った社外というのがすべて非常勤のことです。つまり成海の手下の連中です」

　小野里が説明すると、

「そういうことですか。よくわかりました。なるほど。すると、こちら側の常勤取締役との連絡をいつ、どうするかですね。中には裏切る人が出てこないとも限らない。少なくとも、そのことも想定しないといけない」

　辻田が、先ほどとは打って変わった力強い口調で反応した。すると、

「そんな奴、一人もいません」

　真鍋がはじかれたように大声を出す。間髪を入れず、辻田が、

「わかってます。でも、先ほど大木が申しましたでしょう。私どもの事務所の弁護士は特別に疑《うたぐ》り深いんです。もっとも私は、今日のお昼は、割り箸でラーメンを食べましたけど」

　と微笑にくるんで受け止めた。

「問題は、増資の目的です」

　大木が一言投げ出して言葉を切る。皆の視線が大木に注がれた。

「最近も、ある一部上場の会社の第三者割当増資が、裁判所の仮処分で差し止められています。その結果、経営陣は退社せざるを得なくなりました。でも裁判所は、増資の結果、株主

の力関係が変わって支配権が移動することになる、というだけでは、けっして増資を差し止めたりはしません。裁判所が見るのは、本当に増資の必要があるかどうかです。正確には、増資がもっぱら支配権を奪うことだけのためになされているのかどうか、と言ってもいい」

それから大木は再び小休止を置くと、真鍋の顔を射すくめるように見つめながら、

「したがって、会社の中に、今回の事態以前から、増資による資金調達を正当化《ジャスティファイ》するような、そういう事業計画がないといけませんね」

と自分に言い聞かせているような言い方をした。真鍋が、

「ああ、あります、あります。だいぶ前から大規模な流通倉庫の計画をしています。これは資金も何百億と食うし、事業の性格からその資金も寝てしまうから、増資がいちばんいいんだが、と現場レベルで何回か打ち合わせもしてきています」

と答える。しかし小野里には、「流通倉庫」とは一体何のことを言っているのか、さっぱりわからなかった。

(こいつ、一体全体何のことを)

「真鍋さん、それについて社内の企画文書みたいなもの、何か計画書みたいなものがもうでき上がっているといいんですけどね」

辻田弁護士がすぐに、具体的に追いかける。

「あると思います、先生。すぐに探してみます。それと、この計画自体、結構現場としては急いでますんです。ま、経営責任を負っている立場としましては、急ぐ気持ちもわかるんで何とかしてやりたい、しかし借り入れは起こしたくない、増資でいければ嬉しい、でも増資なんて言ってもギャラクシー・グループで通りそうもない、というところでしたから」

　そこまで真鍋は辻田弁護士に向かって答えると、今度は左隣の小野里のほうへ首をひねって、

「社長、こりゃ、ウチの連中喜びますよ。早く増資しましょうや」

　と急かすような調子で言った。


「真鍋、一体どういうつもりで」

　エレベーターが閉まると、ドアの向こうで見送る大木や辻田に向かって下げていた頭を戻す間ももどかしく、小野里は同じく横で頭を下げたままの真鍋に問いかけた。二人だけのしばしの密室だ。

「あれですよ、社長、埼玉の流通団地の土地の売り込みが去年あったでしょう。あのとき検討してますよ。現場からは、やってくれ、っていう声、強かったんですよ」

「ああ、あれか。あれが『流通倉庫』の計画か、何百億の増資を必要とするっていう。驚い

たね」

「そうですか。あのときの検討資料には、借り入れでは無理だとあります。ま、昨今の金利からすると、増資のほうが圧倒的にやりやすい、ってこともないですけど、でも増資でカネが入ってくるなら、使い道としてはいいんじゃないですか」

「あんなものやらないよ。カネが天から降ってくるわけじゃないんだ。どうかしているよ」

　小野里が無愛想にいった。

「いや、今度ばかりは、天に梯子《はしご》をかけて昇ってでも自分らの手でカネを降らせなくっちゃ」

　真鍋はもう決めている様子だった。


　そのころ大木の部屋では、大木を前に辻田が一席ぶっていた。隣には、まだ弁護士になって三年目の樽谷弁護士が座っている。先ほどの小野里らとのミーティングで黙ってノートをとっていた若い弁護士だ。

「先生、今度は公認会計士事務所のABF、アンドリュー・ベンソン・アンド・フィールディングを使いましょう。ABFに頼んでギャラクシー・デパートの増資計画についての不安材料をすべて払拭《ふっしょく》しておきたいんです。会社が作る資料だけでは心配です。何百億、会社のバランスシートの資産の部のトータルの半額近い、膨大な金額です。それを、いまどうしても、ギャラクシー・グループから離れてでも、第三者に株を制り当てて資金調達しなくてはいけないなんて、裁判所はなかなか信じませんよ」

「そうかい。僕は会社の人が『カネが要る』って言うんだから、ビジネスについては門外漢である一法律家として、そうだろうな、と単純に信じてしまったけどな。べつに何か変な事情もないんだし」

大木は、わざと軽薄な言い方で受け止めてから、少し声を励まして、

「民族の歴史上はじめて戦争に負けてまだ五年しか経っていないとき、日本全体で二百五十万トンしか鉄を作っていないのに、六億円の資本金しかない会社が三十倍近いカネを投じて五十万トンの鉄鋼一貫製鉄所を作るのは、裁判所にはとうていできない決断さ。裁判官によっては『著しく合理性を欠く』なんて、もって回った表現を使いたくなるところかもしれない。なんせ日銀総裁までが製鉄所にぺんぺん草が生えるっていったんだから。もしぺんぺん草の写真でも証拠に出せば、確実に裁判所は、製鉄会社の社長が善良なる管理者の注意義務を怠ったとでも言ったんだろうな。

でも、そうしたら、たとえば昭和十八年生まれの日本人である僕は、いまの僕ではない。たぶん田んぼの草取りをしているさ。それも悪くない、とは僕は断じて考えない。

いずれにしても、僕はABFを使うのはいいアイデアだと思う。なにより外資系の会計事務所っていうところがいいね。公認会計士は法律家以外のプロフェッショナルとしては最たるものだし、外資系でビッグ・フォーの一つなら裁判所にも通りがいいんじゃないかな。とくにABFはアングロ・サクソン系の事務所として世界中で知られているからね。裁判所だけじゃないかもしれない。何かで投資家の信頼が問題になるときも、ABFのお墨付きがあるとないとでは天と地のちがい、ってことになるような気がする」

と補足するように言った。

「先生、まだビッグ・ファイブです、いやですわ」

辻田弁護士が微笑みながら訂正する。若い樽谷弁護士には二人のやりとりの意味がまだよくわからなかった。

無理もなかった。樽谷弁護士は、まだそうした国際的な公認会計士事務所と共同しての案件に携わったことがないのだ。世界の巨大公認会計士事務所というのは、つい最近まで八つあって、「ビッグ・エイト」と呼ばれていた。公認会計士事務所といっても、たんに公開企業の監査証明を出すだけでなく、税務から経営全般についてのコンサルティング・サービスも行っていて、顧客である巨大多国籍企業と同様、自らも世界中に展開し、一兆を超える売り上げを誇っている。それらが合併を繰り返して五つになって、いまでは「ビッグ・ファイブ」と呼ばれている。まだ四つになるところまではいっていないから、「ビッグ・フォー」という呼び名は存在しないのだが、大木弁護士は、いずれ四つになることを見越して、なかば冗談として辻田弁護士との言葉遊びをしているのだ。

辻田の話を聞いて、大木は、まだ若かったころに扱ったある会社更生事件のことを思い返していた。四国の将軍と言われていた男が、たくさんの会社の株を買い占めて自分の帝国を本州まで広げることに半ば成功し、最後の最後で失敗して会社更生事件になったことが二十年近く前にあった。その四国の将軍に巨額の融資をしていた複数の外国銀行の代理人になった大木は、更生会社の管財人の作った弁済計画案に反旗を翻《ひるがえ》したのだ。そのときに裁判所を説得する手段として役立ったものの一つが、公認会計士による説明文書だった。

「プロフェッショナルである法律家は、他のプロフェッショナルの言うことに対して体質的に弱い」。そのときの強い印象が大木の記憶に刻まれている。

自分がプロフェッショナルである人間は、自分の専門分野にかかわることについては、自分と同様に一定の組織的・体系的な訓練を受けた同業者しか認めないし、そのことに実質的な理由があると信じている。したがって、他の確立されたプロフェッショナルについては、しょせん自分は素人であるしかないと、はじめから諦《あきら》めているところがあるのだ。

「しかし、予算の問題もあるからね。よく会社のほうには説明してくださいよ。ビッグ・エイトの仕事は手続きがしっかりしているから、実質中心の日本企業からは無駄が多いと見えるようだし、それにしょせん外側の人間なんだから会社の内側の人間のように細かいところまで知っているはずもないさ。英米人中心のスタッフだから、資料が全部日本語でも平気で英語で仕事を進めるようなところなんぞも、無茶といえば無茶だが、逆にそれが取り柄というところもあるしね。まあ、ギャラクシー・デパートもマウンテン・ファンドと付き合う決心をしたんだから、いずれビッグ・エイトとの付き合いなしにはすまないことを理解するのは、早いほうがいいさ。おっと、ビッグ・ファイブだっけか。老兵は消え去るのみ、諸行無常だな。ビッグ・エイトはビッグ・ファイブになったのか。とすると、セブン・シスターズは何人姉妹に減っちゃったのかな」

大木は辻田との仕事上の議論を楽しんでいた。その議論の中途にこういう冗談を挟むのは、大木が上機嫌な標《しるし》だった。

「樽谷先生、さっそく会社と連絡を取ってみて、ミーティングを入れてください。いや、私はいい。辻田先生とあなたと二人。よろしく、ね」

そう目の前の二人に言うと、大木はもう別の依頼者からの合弁会社設立依頼の書類に目を走らせていた。

4

こうして、香港のプラモントリ・ホテルに成海紘次郎を訪ねてから三ヵ月の後、小野里は取締役会で抜き打ち的に増資を決めたのだ。

小野里は、大木のアドバイスで、五月の定時株主総会までは隠密の行動をとって、真鍋の他は常勤の取締役たちに一切何も知らせなかった。定時株主総会では、予定どおり三人の平取締役を交代させたが、どちらにしても小野里の子飼いの部下であることに変わりはなかった。そして、七月の定例取締役会の日である第二水曜日、十二日まで待って、取締役会の終了間際にマウンテン・ファンドへの第三者割当増資を決議したのだ。

小野里は、決議後ただちにマウンテン・ファンドへの第三者割当増資を発表した。プレス・リリースでは、増資は激化する業界の競争を勝ち抜くのに不可欠な物流改革の推進のためであるとして、新たな流通倉庫を埼玉県の高速道路のインターチェンジ近くに設置する計画の概要が示された。増資の結果、ギャラクシー・グループの持ち株が過半数を割ることについては、会社の事業計画上どうしても必要な増資であり、結果としてそうなるだけだ、という簡単な説明が付された。

成海紘次郎は、小野里の反乱の知らせに驚いた様子だったが、事態について指示する言葉の端々には歓迎している調子がありありだった。どんなことでも、自分のしていることに抵抗されると逆に心がときめくのだ。国際電話で姉大路弁護士に、

「物事が簡単に自分の思うままになってしまうのでは、どこにもこの私の『行為』というものが存在しないことになってしまう。それじゃ生きている甲斐《かい》がないよ。

この事件は面白いね、先生。上場会社の過半数の株を持っている株主を日本の裁判所がどう扱うか、だ。利害を離れても、文化的に興味深い話、といったところじゃないかね。久しぶりに日本に行くのが楽しみな気分だよ。東京の姿が一変してこの目に飛び込む、すべてが見たこともない風景に見えて、何もかもが新鮮に感じられるんじゃないかという、新しいギラギラするような喜びの予感がしてくる」

と言った。増資差し止めの仮処分を申し立てた七月十四日、成海はスイスのバーゼルにいて、そこから電話してきたのだ。そして、

「勝つの？」

と、簡単に訊《き》いた。いつもの成海らしい質問だ。

「わかりません」

姉大路弁護士は、成海の投げかける質問にどういう答え方をしなくてはならないのか、よ

く心得ている。間を置かずに、「イエス」、「ノー」、「アイ・ドント・ノウ」さえはっきりさせれば、答えを知らないこと自体に怒ったりはしないのだ。

しかし、成海にはそう答えはしたものの、姉大路は巧妙な作戦を立ててこの申し立てに臨んでいた。まず、申し立て代理人には、自分だけではなく、野添実弁護士を依頼していた。野添弁護士は、最高裁の調査官や東京地裁の八部の部長を経験したのち東京地裁の所長を経て東京高裁の長官で退官していたが、それも、たまたま先任者の定年の都合で最高裁入りを逃しただけで、法曹界ではその学識を高く評価されている、いわば学者兼弁護士といった趣の人間だった。会社法についての野添弁護士の言説は、現職の東京地裁八部の裁判官にも大きな影響力を持っていると言われている。野添弁護士に依頼したことで、自動的に野添弁護士の下働き的な弁護士が三人加わってもいた。

さらに、姉大路は広告代理店への依頼もすませていた。以前姉大路がギャラクシー・グループの飲料部門の会社でトラブルが発生したときに使ったことのある広告代理店だ。

そのときのトラブルとは、輸入した飲料の瓶の中に製造過程で異物が混入していたということで、姉大路はこの外資系のPRエージェントであるヒュー・オブライエン社に、日本国内での事実関係の調査とその後の対策の実行を委《ゆだ》ねたのだ。秘密裡に被害者の反応と消費者、小売店、流通途中の問屋などの態度を探ってくれ、その結果、意外なほど事態への人々の関心が薄いとわかって、姉大路は当初社内で出ていた、大きな新聞広告やテレビスポットで消費者へ直接呼びかける案を急遽《きゅうきょ》取り止めにすることができた。そのうえ、この代理店からの、すでに取られた対策をはじめとする、ことの次第を具体的に詳しく説明した緊急の働きかけによって、テレビ局はこのトラブルをニュースにすることがなかったし、新聞も一、二小さな記事を出したところがあったくらいで終息に至った。

姉大路はこのとき、法律家のふだん触れない世界での仕事の重要性を思い知らされたのだ。人々が裁判に関心を抱くのは、裁判の中身によるのではない。人々は一方的に与えられたものに、半ば自動的に関心を持つのだ。そして、それを自分の主体的な関心だと錯覚するにすぎない。何を人々に一方的に与えるか、それが重要なのだ。これが姉大路の得た教訓だった。

ヒュー・オブライエン社のアレグザンダー・ハミルトンに相談したところ、彼の反応は「どこの国の裁判所も、過半数の株を持っている会社をサラリーマン社長に取られてしまうなんてことを是認するもんですか」というものだった。その言葉を聞いたとたん、姉大路の脳裏に、

（そうか、今度の情報作戦のターゲットは裁判官だ）

という思いがよぎった。

弁護士は普通、裁判所で一定の書類や証人の尋問を通して裁判官に話を聞いてもらう。し

かし、裁判官とても人の子、事件が重要であれば必ず新聞やテレビでの報道を読んだり観たりするはずだった。

「焦点を絞りましょう」

アレグザンダー、通称サンディ・ハミルトンは、オーストラリア人なのにほとんど訛《なま》りがないと言っていい日本語で、姉大路にプレゼンテーションをしていた。エアコンの効いた、もの音一つしないナルミ・インターナショナルの本社ビルの中だ。

「裁判官が最も重視しているメディアは何か。それへの解答が一つ。しかし多分、そういう発想は市場志向《マーケット・オリエンテイッド》じゃないですねえ。いちばん大切なものは、裁判官がそれと意識しないで、でもいつも触れているもの」

「ふーん。そいつは、なんですか」

姉大路がつり込まれて尋ねる。

「週刊誌の広告ですよ、新聞や電車の中によく出てるでしょ」

サンディ・ハミルトンが得意気に胸を張る。姉大路は虚を突かれた思いだった。

「だからね、週刊誌の記事の中身じゃなくて、広告。たとえばそこに『株主を裏切ったユダ、小野里』っていう広告を何度も出してもらうんです。会社は株主のものと、最近はみんな何となく思いはじめてますよ。自民党もそう言ってます」

「そんな広告のコピーなんかのこと、どうやって外側から指示したりできるの?」

姉大路がまた質問する。サンディ・ハミルトンは自分のプレゼンテーションが予想を超えて相手のハートを鷲づかみにした喜びを噛み殺しつつ、

「ほら、蛇の道はなんとやら、っていうでしょう。記事を書かせるより、簡単よ」

「でも、実際に日本の裁判所の判決で、過半数の株主の意向を無視して経営側の第三者に新株を割り当てたことについて、その割当を有効だと言っているのがあるからなあ。はたして東京地裁八部の担当の裁判官が、小野里のことをそういうふうに邪悪な人間ととらえるかどうか、疑問があるんですよ、法的に見て」

姉大路が議論を進める。サンディ・ハミルトンは少しもたじろがず、

「そこよ。どこが裁判官のアキレス腱かは、それは法律が専門の人たちの分野でしょう。早く教えてください、そしたらそこにわたしが矢を射込むから」

と笑った。

一方、マウンテン・ファンドの動きも素早かった。

大木と連絡を取りはじめたマウンテン・ファンドからの最初のリクエストは、小野里と真鍋の個人的な立場のための弁護士を二人に選任させることだった。二人は「よくわからない

ので、弁護士のことは大木弁護士がいちばんわかるだろうから、大木に任せたい」という。それで、大木が二人に紹介した弁護士を相手にして、改めてファンド側のアメリカ人弁護士とのあいだで、会社の弁護士である大木弁護士や辻田弁護士もまじえつつ、小野里と真鍋のストック・オプションや二人の会社への約束《コミットメント》が明確化されて文字になっていった。できあがった英文の「取締役委任契約書」なる書類は、ページ数にしてA４判で二十ページをはるかに超えるものとなっていた。

次にマウンテン・ファンドは、自分たちのアメリカ人弁護士を二人送ってきた。そして、この弁護士二人が大木の事務所に日参して、朝八時から夜の十一時まで辻田弁護士と樽谷弁護士を相手に、これから日本の裁判所で起こりうることとその対策、スケジュール、コストを詳細に議論して、三日目に帰っていった。

それから、草戸部だった。

ホテル・セラフィムのメザニンにあるレストラン、「ケルビム」でブレックファスト・ミーティングをしようと言い出したのは、大木のほうだった。

「先生、今度の事件の勝敗の分かれ目は、私は世論にあるような気がします」

草戸部が、ひとしきり情勢分析の交換が終わったところで、ぽつりと言った。

「しかし、草戸部さん、仮処分は裁判所が決めるんですよ。それも一人の裁判官だ。まあ、八部だから、事実上は内部で裁判官が一緒に議論するくらいのことにはなるでしょうがね。でも、最後は一人の裁判官の決断であることに、変わりはない」

大木がサニーサイド・アップの黄身の部分だけ器用にフォークの先に乗せて口に運びながら答える。

「そうですか、いや、そうでしょう。でも、裁判官は密室にこもって作業するばかりじゃないんでしょう。法律の判断と言ったって、世論がどちらを向いているか、で決まるんじゃないですか」

草戸部は譲らない。

「さあ、そうだといいような気もするし、そんなことで裁判が決まってしまっては恐ろしいような気もしますし」

そう言いながら、大木がもう一つの目玉焼きの半熟の黄身を口に吸い込む。

「問題は、どうしたら裁判官が『これが世論だ』と信じてくれるかですよ。先生、裁判官はどういう人の話を世論と思うんだと思われますか」

「うーん、難しい問題ですね」

大木は今度は紅茶に手をつけた。裁判を裁判の手続き以外の方法で動かそうという素人の議論には、以前から何度も付き合わされたことがあるのだ。「すべて唾棄《だき》すべき不遜《ふそん》の試みか、そうでなければ時間の無駄」というハッキリした考えが大木の中にある。裁判の手続きの実際を詳細にわたって、しかも自分の体験をとおして理解しているのでなくては、何によって裁判官が心を決めるのかは、わかりようがないに決まっているではないか。そう頭から決め込んでいた。

「互いの主張書面、立証のための証拠とかで互角のとき、裁判官はどうやって結論に辿りつくんでしょうか」

草戸部がこう聞いたとき、大木は瞬間、動きを止めた。そして、

「え。もう一度言っていただけますか」

と、今度はワッフルが入ったままの口を動かす。

草戸部の質問は、大木の発想とは百八十度ちがう方向から迫っていた。まったく互角のときには、立証責任を負う側が負ける。これが法律家の当然の答えだ。しかし、問いを「どちらに勝たせたほうがいいか、裁判官が迷うとき、裁判官は何によって結論を出すのか？」と言い換えると、法律では答えがない。しかし、ことが裁判なのだから、法律家は答えを持っていなくてはならない。

「やはり、何とはなしに助けてやりたい、助けてやらなくては、と感じるほうなんでしょうかね」

ふだんの大木に似ない、問いに対して問いで答えるような回答だった。

「そうなんでしょうね。わかるような気がします。だって、裁判官の権力たるや、その事件に関しては絶対的なものでしょう。上の裁判所に行ける、なんて寝言にすぎませんものね。早い話が、小野里さんの生き死には、裁判官の心一つにかかっているわけですから」

草戸部の話は、大木の心に残った。以前から同じようなことを何度も考えたことはあったが、今回のこの件で、どうすれば裁判官が「助けてやりたい、助けてやらなくては」と思うのか、答えは茫漠《ぼうばく》として取り留めがない気がしはじめた。

事務所に戻ると、早速辻田弁護士を呼んで、草戸部のした質問を繰り返した。

「誰が金持ちで誰が貧乏か、裁判所には一目瞭然《りょうぜん》でしょう」

辻田はまずそう答えてから、

「でも、本当は、そんなに簡単じゃないんでしょうね。問題は、世の中が変化しているということを裁判官がどうとらえているのか、なんではないんでしょうか。法律家は、本質的に変化を嫌いますものね。ところが小野里氏は、変化を引き起こしている側の代表として、この仮処分に臨まなくてはならない。しかも悪いことに、変化が自分の個人的な利益と絡みついてもいらっしゃる。早い話が、勝てば小野里氏におカネが入りますわ」

と即席の分析をしてみせた。

「まさか『第三者割当を認めたら社長の小野里におカネが入る。だから小野里なんか負かしてやる』なんて単純なこと、裁判官が考えるとは思えないがね、僕には」

そう言いながら、大木は問題が意外に大きなものだと胸のうちで反芻《はんすう》していた。


大木弁護士と辻田弁護士、それに樽谷弁護士は、もう三十分近く、霞が関にある東京地裁・高裁合同の裁判所ビル十三階の長い廊下の中程にいた。辻田と樽谷は廊下に並べられた折り畳み式の椅子に腰掛けているが、大木はずっと立ったままだ。「なに、ただでさえ運動不足なんでね、こうやって立たされているとちょうどよい。それに、廊下に立っていると、小学生のころを思い出す」。そう言って、大木はいつも椅子に座らないのだ。

それにしても、最近の八部の忙しさは尋常ではない。東京に本社を持つ会社の商事事件はすべてこの部で担当するのだ。ときに顔なじみの弁護士が緊張に顔を引きつらせて出入りすることもある。巨大な会社も倒産すれば、ここの世話にならなくてはならない。

八部の書記官室の入り口から書記官が急ぎ足で出てくると、廊下の左右に顔を動かして、

「ギャラクシー・デパートの事件の代理人の方」

と呼んだ。双方合わせて十人を超える弁護士がぞろぞろと八部の書記官室の入り口をくぐると、目の前のカウンター沿いに右に進んで審問室に入る。窓がなく、事務用のテーブルが

いくつか合わせられて長四角に置かれ、そのまわりに椅子が十数脚並べられた無愛想な部屋だ。ここで、非公開の裁判の審理が、裁判官と弁護士とのあいだで執り行われるのだ。

「どうもお待たせしてすみませんでした。いや、前の事件が長引いてしまいまして」

ナルミ・インターナショナル株式会社他四名が申立人になっている、ギャラクシー・デパートの増資差し止め仮処分の三回目の審尋《しんじん》期日が開かれるところだった。担当の納取裁判官はまだとても四十にはなっていそうもない。およそ整髪料というのをつけたことのなさそうなぼさぼさの髪と、シワで折れ曲がったワイシャツの襟が、飾り気のない人柄を偲《しの》ばせる。鈍い銀色のメタル・フレームの眼鏡をかけた、全体に平たい顔だ。狭い額の下に二つの小さな目があって、パチパチと頻繁に瞬きするのが、気になるといえば気になった。

「ええと、前回債権者の方にお願いしました、増資資金の使途についての会社、つまり債務者側の企画書についての検討、終わられましたか」

納取裁判官が、いつものように丁寧な言葉づかいでナルミ・インターナショナル側の弁護士の発言を促した。仮処分では、申し立てた側を債権者、申し立てられた側を債務者と呼んでいる。必ずしも、実際に債権者であったり債務者であったりするわけではない。

姉大路弁護士がカラフルな表紙の付いた書面を裁判官に差し出して、

「ええ、この書証が、会社の企画書がいい加減な内容のものだということを一種鑑定的に評価してもらったものです。ケニー・コールソンの公認会計士が作成したものです」

　と裁判官が読みやすいように、自分には上下逆さまのまま、ページを繰りながら説明する。隣に座った野添弁護士は腕組みしたまま黙っていたが、その頬にかすかな微笑みが浮かんでいた。

「ほう、ケニー・コールソンの鑑定ですか」

　納取裁判官は、ケニー・コールソンの名前を知っている様子だ。ビッグ・ファイブの会計事務所の一つで、ヨーロッパに基盤があるところとして定評がある。

「これは、これは。たいへんなことですね、日本の裁判所を舞台に、世界のビッグ・ファイブ同士の争いということになってきましたね」

　裁判官は上機嫌に審理を進めていった。

「裁判官、問題は、ギャラクシー・デパートにとって、この増資資金で建設を予定している流通施設が役に立つ可能性がないと言い切れるのかどうかというところに絞られてきたと存じます。そして、その点については、双方とも専門家の鑑定書ないし鑑定書のようなものを提出しているわけですから、そろそろご決定をいただいてもよいのではないかと存じますが」

　大木弁護士が落ち着いた声で審理の打ち切りを促した。納取裁判官は、

「いやいや、大木先生、そうでもないですよ。そもそも、会社は過半数の株主であるナルミ・インターナショナルに増資について事前に何の相談もしてませんしねえ。普通、そういうことはないんじゃないでしょうか。ギャラクシー・デパートは商法でいう子会社でしょう。それに、仮に流通施設が大なり小なりギャラクシー・デパートの事業に役立つとしても、それだけで増資による資金調達しか方法がないということにはならない。銀行から借りるとか、いろいろあるでしょう。最近の状勢だと、政府系の制度融資という手もあるかもしれないし。いや、可能性を申しているだけですよ、裁判所はそんなことわかりませんからね。でも、仮に流通倉庫を作る必要があるとして、そこのところからひとっ飛びに第三者割当増資に行ってしまうしかないもんなんでしょうかねえ。しかも、この第三者割当増資をすると会社の支配権が経営側に移動してしまう結果になるんでしょう。いえ、経営側の目的がはじめからそこにあって、それで意図してそうしたのかどうかは別としてです。でも、そうなってしまっても構わないものかどうか」

とていねいに答えた。大木の主張・立証したことに満足していないと言っているのだ。それどころか、今回の増資の妥当性そのものについて疑問を感じていることを、少しも隠そうとしていない。

その日は、結局ナルミ・インターナショナル側の主張に対する反論の書面を大木のほうがもう一度次回に提出するということで終わりとなった。

書記官室の出口から廊下を右へ曲がったほうにあるエレベーターのドアの前に集まったナルミ・インターナショナルの代理人の弁護士たちのあいだから、野添弁護士と姉大路弁護士が話している声が大木の耳に届いた。何を言っているのかハッキリとは聞き取れないが、笑い声が混じっていることから、事態が有利に進展しているという感触を抱いていることは見て取れる。超大物である野添弁護士の笑い声だけに、大木の心に鈍い音で響いた。大木は、遅れて審問室を出てきた辻田弁護士らと書記官室の出口から左側にあるエレベーターの前に急いだ。同じエレベーターに乗り合わせたくないとき、弁護士はこうするのだ。

「先生……？」

帰りのタクシーの中で、辻田が左横に座った大木の顔を覗き込みながら尋ねた。

「うん、要るね、もっと何かが要る。決定的に裁判官の疑念を払拭する何かを追加しなくては」

大木はまっすぐ前を向いたまま、自分に言い聞かせるように答えた。

巨大なテーブルのある大木弁護士の事務所の会議室に草戸部が待っていた。大木は椅子に腰かけるなり言った。

「草戸部さん、もっと何かが要りますね。あきらかに裁判官は迷っています。裁判官は、われわれが第三者割当増資の必要性について説明しているところがまちがっているとは少しも思っていない。しかし、われわれが支配権の争いに関係なしで増資をしたがっているとも思っていない。どうして支配者の変更という結果になるような増資をすることが会社のためだと言えるのか。ポイントはそこです。それを私は裁判官に真っ正面から力強く説明したい。ロジックだけじゃなくて、エモーショナルにも。裁判官が心の奥底から『ああ、そうだよねえ、わかる、わかるよ』と得心するように」

大木が言い終わらないうちに、辻田が口を尖《とが》らして、語調も鋭く論じ立てた。

「ここまで立証したのに、裁判官がまだ迷っているのはどうしてなんでしょうか、先生。ギャラクシー・デパートは発展のために資金を必要としている。それはたしかな事実です。裁判官も認めている。認めざるを得ないでしょう。そこに、資金を提供してくれる、新株を発行すれば引き受けてやる、買い取ってやる、という投資家がいる。それ以上の何が必要なんですか。日本の裁判官の重箱の隅をつつくような完全主義《パーフェクショニズム》にどこまで付き合わなくちゃいけないんですか。

だいたい日本の裁判官は、物事に理想を求めすぎるんですよ。ビジネスというのは失敗も成功もある。それがビジネスでしょう。それを、これをやることは裁判所の目から見て必要かなんて、そもそも発想がまちがっています。必要かどうかは経営者が決めればいいことです。裁判所が関与すべきなのは、誰がどう見てもおかしなことが行われようとしているときだけに限るべきです」

大木が低い声で応じる。

「君の一般論はこの場では意味がない。問題は特定の事件である本件が『誰がどう見てもおかしい』場合なのかどうか、だろう。君は、本件が『誰がどう見てもおかしい』はずはないと勝手に前提しているようだけど、しかし裁判官は結論を決めかねている。これだけはたしかだ」

しかし、大木に制せられると辻田はますます激しく言い募った。

「ですから、この状況下では、何一つ『誰がどう見てもおかしい』ものはない、と申し上げているつもりなんです」

すると、草戸部がゆっくりと、

「大木先生、私もわかりませんねえ。というか、私も辻田先生の意見に賛成だな。もし日本の裁判所が『株式の過半数を握っている株主というものは会社の絶対的な支配者であって、その支配権はどんな場合でも尊重されなくてはならない。取締役会が勝手に増資先を決めて、その支配権を奪うようなことは、裁判所が許さない。過半数の株を握っている株主というものは、会社が増資するときはつねにその過半数を維持できるように、増資に応ずるチャンスを権利として持っているのだから、自分からノーと言わないかぎり、つねに保護される、つまりファースト・リフューザルがある』とでも言うのなら、わかりますよ。でも、そんなこと金輪際《こんりんざい》言いっこないはずです。いまの商法では、閉鎖会社ででもなければ株主に新株引受け権はないんです。辻田先生の言い方があまりに女性的でおとなしすぎるのは気にいらないけど」

自分勝手なユーモアまじりにコメントした。草戸部は続ける。

「だってそうでしょう。市場の価格より安い、有利な発行価格で第三者に割り当てるってことすら、株主の三分の二が賛成すれば問題にしないのがいまの商法なんですから。今回の増資は市場の価格でやっている。だから、裁判所のお白州に座って裁きを待っているギャラクシー・デパートについて裁判所が考えるべきことは、唯一、本当に増資の資金需要があるかどうかだけでしょう。その検討がなされればもう能事終われり、のはずでしょうに。私には裁判所の考えていることがわからないなあ」

再び大木の番だった。

「じゃあ聞くがね、辻田君、無理やりすぐに結審してもらったとして、われわれは勝つかね？　君はそう思うかね？　どうだい？」

大木はこういうときのいつもの癖で、挑発するような、少し威嚇《いかく》するような声で辻田にたずねた。

「いえ、それは……」

「そうだろう。僕もそう思う。われわれに大切なことは、裁判官がどう考えるべきかを議論することじゃない。裁判官がどう考えているか、だ。その裁判官の考えが、もしわれわれの勝ちということでなかったら、こちらサイドでまだ何かが足りないんだ」

大木がそう言うと、草戸部が割り込んだ。

「まるで、美人投票、それも誰がいちばん美人と自分が思うか、じゃなくて、他の人が誰をいちばんの美人と思っているか、についての当てっこですね」

（女性である私がいる前で「美人投票」の話はないでしょう。まったく。依頼者のコンサルタントでなかったら、セクハラだってとっちめてやるんだけれど）

辻田の顔が少し曇ったことに、大木は気付いた。

「草戸部さん、裁判の話をしましょうよ。要するに、裁判官がいま、われわれの勝ちと考えてくれているという自信は、残念ながらここにいる誰にもない。むしろ、逆じゃないかと恐れている。裁判官がわれわれと同じ考えを持つべきだということでは、ここにいる全員が一致している。

問題は、いまあるものに、何を付け加えたら裁判官が『こりゃ小野里側に勝たせよう』と思うかです。単純だが、簡単じゃない。具体的には、裁判官はやはり支配権が移動することに抵抗感を持っているんです。無理もない。ギャラクシー・デパートはもう何年も成海が過半数の株主、つまりオーナーだったんですから。こちらが強調している会社の事業の必要については、裁判官はよくわかってくれていると前提してもいいと思います。

要は、裁判官に『この支配者じゃないほうがよさそうだな』と、ほんの少しでも思ってもらうこと。誰にとってよさそうか？　会社？　従業員？　取引先？　社会一般？　どうして、この支配者はよくない？

いくつもポイントがある。

それに、小野里さんを成海紘次郎がクビにしようとしたことも、うまく使わなくては。たとえば、従業員からの小野里体制継続の嘆願書とか。

いちばんいいのは、『成海のような男には日本の裁判所の保護は不要だ』という雰囲気、たたずまいなんだがなあ。そうだ、日本人なのに、合法的とはいえタックス・ヘイブンを使って日本国への税金を払わないですませるようにする、そのために自分の住所も日本から抹消してしまうまでのことをするような男だから、という点を強調すればそうもいえるか。そんな男がどんどん増えたら、裁判官の給料の払いも怪しくなるってことだし。といっても、まさか裁判所に証拠を出してやるようなことじゃないな。

草戸部さん、何かいい考え、ありませんか」

議論を本筋に引き戻した上で、再び草戸部にバトンを渡す。

「成海のスキャンダルですか。どのマスコミも出さないね。成海はどこともいい関係をキープしてるし、それに成海について何か悪いことを書いたりしたら、とことん逆襲されるって、どこの会社も知ってますからね。法律的な手段なんて子供騙《だま》しにすぎません。なに、暴力団とかそういう単純で馬鹿なことではない。なにより、資金、それに人脈が凄い。それで、どの会社も成海のことは書かないほうが得だとわかっているんです」

草戸部は元気がなかった。

「でも、タックス・ヘイブンを使った節税のことを報道しても、べつに成海氏のスキャンダル・ネタというのとはちがうんじゃないでしょうか」

辻田がそう言うと、草戸部が、

「辻田先生は、『褒め殺し』でいけとおっしゃるんですか」

と、きつい調子で問い返した。すかさず大木が、

「欲しいもの、裁判官の前に投げつけたいものは、ロジックじゃない。裁判官は法律家だから、何かそうした形式はまとっていても、中身は人間の心を揺り動かすもの、だ」

と話を引き取った。

その翌朝早く、いつもの習慣で、人気のない自宅の食堂で薬草茶を煎《い》れながら新聞をめくっていて、大木の目は広告欄に止まった。

「欲に目が眩《くら》んで親会社を裏切ったユダ社長、小野里英一の暗い過去」という長い見出しが斜めになった活字で並んでいる。写真週刊誌の中でもレベルが一つか二つ落ちる、その名も暴露記事を意味する「エクスポゼ」という雑誌の広告だ。小野里の顔写真もある。隣には「あなたのお隣の巨乳娘たち！」という見出しがあって、何人かの女性の写真が並んでいた。

兆候は何もなかった。しかし、この手のマスコミの中には、事前に本人に確認の取材を入れないことを得意気に半ば公言しているところもあるのだ。「エクスポゼ」がその類であることは、大木は他の仕事を通じて知っていた。

「これが自分の始めたことに付随しているのだと、自分で始めたことの一部には、こんな類のことまで含まれているのだと、くっついてくるのだと、小野里さんは理解できるだろうか」

大木は気が重かった。小野里にどんな過去があるのか、まったく知らない。しかし、仮に写真週刊誌の関心をそそるような何かが過去あったとしても、そのこととマスコミを通じて世間にその過去が喧伝《けんでん》されることは、まったく別のことだ。何度も大木が経験してきたことだった。そのたびに、大木は出版社に面会を要求したり、内容証明での警告や釈明要求を送りつける。ときには訂正記事を出させるのに成功したこともあったし、謝罪状をもぎ取ったこともある。

「しかし、すべて事後のことだ。事前にカウンターチェックの取材のために当ててくれれば、何とでもできるのだが」

そういう思いが、大木の心をよぎる。もう遅いのだ。

「私の過去っていうんで、期待したんですよ。ひょっとしたら、昔の彼女に写真で対面できるんじゃないかなと」

小野里は陽気だった。「暗い過去」と意味ありげに銘打っていた中身が、ギャラクシー・グループが大文字屋を買収した直後のパーティーの写真で、小野里が成海に深々とお辞儀している姿を撮ったものにすぎないとわかった後のことだ。

「次はそうはいかないかもしれない。したがって、次が起きる前に何とかしなくてはならない」

数日後、大木はそう草戸部に話していた。レストラン「ケルビム」での、いつの間にか定期的になってしまった二人だけのブレックファスト・ミーティングの席だった。

「同感です。それにしても大木先生、あの広告記事は偶然なんでしょうか。いや、つまり、誰かが一定の意図をもってあの広告記事をあの写真週刊誌に出させたのでしょうか。いや、こいつは愚問だな。そうに決まっている。とすれば、誰がやらせたかもわかっている。

でもどうして？

そう思われませんか。何の役に立つっていうんでしょう、あんな週刊誌の記事が。買って中身を見てみりゃ、すぐに何でもないとわかるのに」

草戸部の疑問は大木の疑問だった。

大木は、自分の若かったころのことを思い返していた。マスコミのことを考えていたのだ。例の会社更生事件。四国の将軍と呼ばれたほどの男が全国制覇に乗り出して失敗した結末だったから、全国的にもある程度は注目された。地元の高松では当然ながら大事件だった。裁判所での裁判官との面談の後、記者会見をしたいという外国銀行の支店長と二人、裁判所の中の司法記者クラブに行ってみたら、たくさんの報道陣が待ちかまえていて、テレビカメラがいくつも並んでいたことがあった。しかし、その夜、高松のテレビニュースに出たのかどうか、記者会見の後、最終の飛行機で東京に戻った大木もそのアメリカ人の支店長も知らないでしまった。

（あれを担当裁判官は、高松のローカル・ニュースとしてテレビで見たのかな）

そこまで考えて、大木は恐ろしいことに気付いた。

「草戸部さん、ちがう。連中はとんでもないことを考えているぞ。問題は記事じゃなくて、広告だ。裁判官はあんな写真週刊誌を見るとは限らない。いや、見っこない。それでも、広告は一流の全国紙に出ているから、必ず見る。そして、広告の文章を見るだけで雑誌の中身を見なければ、いや、見ないから逆に、小野里さんが裏切り者で、しかも昔からそういうことをしているという漠然とした印象だけが、裁判官の頭の中に残る」

そう言うと、草戸部は、

「まさか」

と首を振った。しかし、再び大木を見つめた目は、何かをしなくてはならないと草戸部が考えていることを示していた。

5

「小野里さん、ちょっと話、できるかな」

小野里がいつもどおりギャラクシー・デパートの社長室で部下から上がってきた書類の決裁をしていると、直通の電話が鳴った。岸辺庄太郎の声だった。

突然の岸辺からの電話に、小野里は狼狽《ろうばい》した。第三者割当増資の決心をしたときに腹はくくったつもりでいたし、そのとき以来、マスコミの対応でも従業員との話し合いでも、さらには投資家との交渉でも、一度も気後れを感じたことはなかった。しかし、自分から喧嘩を売った相手側の人間と直接言葉を交わすのは、はじめてだったのだ。それに電話をかけてきたのは成海の右腕と言われている男で、いつも小野里に成海の身代わりとして尊大にふるまい、小野里もそのつもりで敬意を払ってきていた。いや、ありていにいうと、屈従してきたと言っていい。

小野里が黙っていると、岸辺は、

「あんたももう終わりだね。早く諦めたほうがいい。弁護士なんかを頼りにしていると、結局ろくでもない目にあわされるのが落ちだということだよ。裁判のほう、負けそうなんだろう。だんだんわかってきたってところかな。

あんたさえよけりゃ、私から成海に話してやるよ。姉大路弁護士のことなら心配しないでいい。弁護士と相談ずくであんたに電話してるんじゃないから。大丈夫、私はいつも直接に成海紘次郎と話しているから。あんな弁護士なんかに邪魔させない。

あんた次第だ。このまま野垂れ死にするほうがよけりゃ、そうするさ。でも、裁判で増資は止まるよ。姉大路は大した弁護士じゃないけど、あの野添先生は本物だ。ただ以前裁判所の偉い役についていたことがあるなんていうだけの人じゃなくて、中身がある大先生だ。いまの事件を担当している裁判官なんかが読んで、裁判の結論を出す手本にする本を書くような人なんだそうだ。その大先生が、もうこの事件は片づいたと思っていらっしゃるんだ。嘘じゃないよ。嘘だと思うんなら、ロンドンのコンノート・ホテルってとこの予約を確認してごらんなさいよ。野添先生ご夫妻の名前で五日後から一ヵ月の予約が入ってるから。

悪いことは言わない。返事はすぐしなくてもいい。ただし、こっちも時間がないから、明後日までということにしてくれないか。明後日の今日と同じ時刻に、こちらから電話する。いいね」

と、一方的に話し終わると、電話を切った。受話器を元に戻しながら、小野里は手が震えている自分が情けなかったが、どこかでほっとした思いもあった。

机の上で、いつもどおり電話での会話の要点をメモしていたメモ・ホルダーを向こうへ押しやると、小野里は右手に握っていたボールペンを何も置かれていない机の上にゆっくりと置いた。上側の部分が銀製で下側が黒いプラスティックの洒落《しゃれ》た作りだ。課長になった記念に買い求めて以来使っているから、もう二十年近くになる。いわば、二十年ものあいだの小野里の身の浮き沈み、喜びも悲しみも知っているボールペンだった。会社の業績が予想を上回ると、成海から突然電話がかかってくることがあった。一言だけのねぎらいの言葉。そのときにメモをとったのも、このボールペンだった。何度あったか。

(たしかに、裁判はうまくいっていない。大木弁護士も、打ち合わせのたびに「どうしたら裁判官が味方してくれるのか」と言ってばかりいる。ということは、現在、裁判官が味方してくれていないということだ。

もし負けたら？　何もかもなくなる。ギャラクシー・グループの会社の社外取締役なんて、いまとなっては問題にもならない。主人に反旗を翻して敗残の身になった哀れな男を雇うところなんて、あるはずもない。長島さんにも合わせる顔がありはしない。

ああ、あと数日で運命が決まる。負けたら……)

そう考えはじめると、小野里の心は後悔の思いで満たされた。

(あのままでよかったのではないか。もともと、俺はこんな大それたことのできるような男ではなかったのだ。自分でわかっていたはずだ。せめて謀叛《むほん》など起こさずに黙って辞めれば、長島さんに別の職場を探してもらうことだってできた。

いや、そんなことすらできない袋小路にいたから、問題だったんだ。

あの「誓約書」。中に何が書いてあるのか確認しないで署名してしまった。いちいち字面をその場でゆっくり時間をかけて読んでいっては、何だか相手を疑っているようで悪い気がしたんだった。それに、どこか気に入らないところがあったって、「直してくれ」と頼める雰囲気ではなかった。

こんなことになるなんて、思いもしなかった。あの誓約書も、それに裁判も。

裁判なんて、しなければよかったんだ。真鍋の奴が言いだした。いや、あいつは俺のために言ってくれたことだ。それはまちがいない。ただ、この俺はそういうことのできる器じゃなかったというだけのことなんだ。どうして正直に「買いかぶりだよ。俺はそんなに立派な人間じゃない。少し向こう気が強いように見えても、中身はてんでだらしがないんだ。修羅場となると縮こまってしまうのさ。いままでは、ほんの少し運がよかっただけなんだ」と言えなかったのか。

負ける。裁判官は、俺のやってることに呆《あき》れ果てているにちがいない。雇われ社長のくせに外国人の投資家を引き込んで親会社を追い出そうとするなんて、愚かな野心家もあったものだと笑っているんだ。

弁護士は負けたって痛くも痒《かゆ》くもない。投資家だって、他にいくらでもカネの使い道はある。この俺だけが、この生身の肉をコンクリートでできた鉄壁の要塞《ようさい》に投げつけるような、馬鹿な真似をしているんだ。

ああ、俺は裁判に負けるべくして負けて、その挙げ句誰からも相手にされず、どこからも収入がなくなる。それどころか、みんなして、俺の阿呆ぶりをあざ笑う)

小野里はいたたまれない気持ちになってきた。「こんなふうに考えてはだめだ。こんなだと気が狂うぞ」と自分に言い聞かせてみても、どうしても椅子から立ち上がって部屋の中を歩き回らずにはおれなかった。立ち上がってぐるぐると歩き回れば回るほど、出口がどこにもないという考えが頭全体を覆い尽くす。いっそ、このまま床が抜けてしまって、地球の奥底に吸い込まれてしまえばいい、という気分になる。

そのとき、ドアを叩く音がした。真鍋だとすぐにわかった。いつものように、三回せわしなく音をさせると、おずおずとドアを開けて姿を現す。

「社長、どうしたんですか」

部屋の中をまだぐるぐる回っている小野里を見て、真鍋は、驚いた声をあげた。

「いや、べつに」

そう言って、小野里は机の横に置かれたソファに倒れるように座り込んだ。真鍋はすぐ斜め前に座ると、小野里の顔を覗き込むようにしながら、

「いま、いいですか。例の後任の営業三部の部長の件ですが……」

と、そこまで喋ってから言い淀んで、

「いや、今度にしましょう。べつに今日でなくてもいい話ですから。そんなことより、社長、どうしたんですか」

と、もう一度小野里の顔をまじまじと見つめた。

「いや、なんでもないよ」

そう答えて、小野里はまだ自分の中に真鍋によけいな心配をかけたくないというだけの自制心が残っていることに、内心勇気づけられる気がした。（まだ大丈夫だ。でも、だからこそ、いまのうちに真鍋には話しておかなくては）と考えると、

「いや、岸辺の奴が電話してきたんだ。『裁判は負けるんだから、早く降伏しろ』って言いやがった。そうしたら考えてくださるそうだ。成海と直接話してる、と言っていた。姉大路弁護士とは別のルートだそうだ」

と、先ほどの岸辺の電話の内容を伝えた。

「ほう、岸辺庄太郎氏がねえ。なんでまた」

と真鍋が言うのに釣られて、

「何でも、『急いでいる』って言ってたな。何のことか知らないが。そうそう、明後日ご親切にまた電話をくださるそうだ」

と付け足した。

「そいつは変だ。何にしても、大木先生の耳に入れときましょう。社長、いつものとおり、メモにしといてくださいよ」

と真鍋が急かす。大木から、何かが起きたら必ず知らせるように言われていたのだ。それに大木は、「どんな小さなことでも、その場ですぐにメモにしてくださいね。自分で以前のことを思い出す助けになるだけじゃない。その場で作ったメモと後から思い出して作ったメモでは、後になって、証拠としての価値がまったくちがう。それから、必ず日時を入れることを忘れないでください。メモを見れば、おおよそ何の話かはわかっても、日時を思い出すことは不可能です。私自身が何度も煮え湯を飲まされて体得したノウハウです」とも指示していたのだ。

午後のうちに大木へメモをファックスで送ると、すかさず大木から小野里に電話が入った。また直通の電話だったから、受話器が鳴ったとき、小野里は体が椅子から飛び上がるほどびっくりさせられた。大木は、岸辺からの電話のことで至急会って話がしたい、と言った。仕事を切り上げて、小野里は真鍋と一緒に大木の事務所へすぐに向かった。

「小野里さん、もう一度、岸辺が『急いでいる』と言ったところの話をしてください」

大木は、のっけからこう切り出した。小野里が、

「ま、メモに書いたとおりなんですけど」

と前置きをしてから、

「もう少し正確に言うと、岸辺は『こっちも急いでいる』と言ったんです。いや『時間がない』だったかな。ま、同じことか」

と、説明した。すると大木は興奮ぎみに、

「そこだ、そこですよ。小野里さん、鴨《かも》が葱《ねぎ》を背負《しょ》ってやってきたかもしれませんよ。まちがいなく岸辺は姉大路と話している。弁護士が入っているとき、とくに裁判になっているときは、それ以外あり得ない。

裁判は、かれらはかれらなりに順調だと信じている様子です。それなのに、岸辺が小野里さんに電話してきて『白旗を掲げろ』と言う。その必要が相手にあるからとしか考えられない。姉大路弁護士がその必要があると思っているから、岸辺が電話してきたんでしょう。

では、その必要とは？

何かで急いでいる。どうしてか？

姉大路弁護士は、仮にこの第三者割当増資差し止めの仮処分に勝っても、取締役会の過半数の団結が固い以上、当面は小野里さんが社長を続けることになるとよくわかっている。小野里さんが自発的に辞任しない限り、かれらは小野里さんをクビにはできない。かれらとて、取締役の中途解任に必要な三分の二の株を押さえる自信はないでしょう。

とすると、来年の五月の定時株主総会までは小野里さんの政権が続く。定款で取締役の数は十七人までと制限されているから、追加もできない。小野里さんは、今回は裁判所に第三者割当を止められても、来年の五月までには、また同じことをやるかもしれない。いや、やるに決まっている。姉大路弁護士ならそう推論するにちがいない。

かれらがそれまで待てず、かつ、どうしても小野里さんにいなくなってほしいとすれば、何か特別なことをしなくてはならない。たとえば、いま小野里さんは意気消沈しているにちがいない、だから圧力をかければ辞任を引き出すことができると、岸辺庄太郎や姉大路弁護士が成海紘次郎にたきつけることは、あり得ることだ」

と一気に喋った。

「へえ、社長っていうのは、そんなにクビにするのが難しいものなんですか。株の過半数を持っていても社長の首というのは自由にならないんですかねえ」

真鍋が間の抜けた声を出した。大木は意に介さず、

「小野里さん、こっちから岸辺に電話しましょう。そして、『辞めてもいいけど、流通倉庫だけは作らせてほしい、あれはギャラクシー・デパートのこれからの生命線だ』と言ってみてください。岸辺が何と言うか」

と言った。

小野里には大木の言う意味がわからなかったが、かわりに真鍋が、

「先生、それどういうことですか。説明してください」

と横から口を出した。

「失礼しました」

と言ってから、大木は計画を話した。

大木の考えでは、成海紘次郎には小野里をギャラクシー・デパートからできるだけ早く切り離したい何らかの理由がある。おそらく、ギャラクシー・グループは何らかの必要があって、ギャラクシー・デパートを小野里抜きで売却したがっている。そのためになるなら、小野里が自分のクビと引き換えに流通倉庫を作るよう頼めば、必ず承知するはずだというのであった。

「それに、いったん承知したところで、どうせ小野里さんはすぐにいなくなる。そうすれば、もう流通倉庫を作れという人間もいない、そうかれらなら考えるでしょう。

しかし、そこが付け目です。ギャラクシー・デパートの現職の社外取締役である岸辺に『流通倉庫は会社のために必要だ』と言わせる。そして、それをそのまま裁判所へ出す。岸辺はあわてて『小野里がクビを差し出すと言ったから、その場限りのこととして約束したまでのこと』という趣旨の陳述書を出してくるでしょうね。でも、もう遅い。第一、自分はその場の状況で止むを得なかったから嘘をついたんだと説明したところで、裁判所で通るはずがない。なぜなら、そう言ったとたん、岸辺が陳述書で言っていることも『その場限りの嘘』かもしれないことになる。面白いゲームですね」

そうゲームの結末をすべて見通しているかのように、大木が言った。

すると、草戸部が目を輝かせて、

「大木先生、テープにとりましょうよ。岸辺の言ったことをすべてテープにとって、裁判所に証拠として出すべきです。電話でもいいし、会って話すときでもいい。うん、こいつはいい。先生、テープをそのまま裁判所に出すこと、できますよね」

と提案した。大木が、

「反訳文といって、録音内容を一字一句テープ起こししてワープロで打った書面と一緒に出すのが普通です。いつ、どこで、誰が何を録音したかも明らかにします」

と事務的に答えると、草戸部は小野里をすっかり説得してしまった。

小野里は、その夕方、さっそくテープ録音を用意して岸辺に電話をいれた。しかし、電話に出た岸辺の事務所の若い女性はアルバイトなのか、何の事情も知らないようで、岸辺は出張に出ていて三日間は戻らないとぶっきらぼうに答える。さらに、聞かれもしないのに「連絡はとれませんから」と付け加えた。小野里は一挙に緊張の糸が緩んだが、自分の心のどこかに「いなくてよかった」という気持ちが混じっているのが、わがことながらいぶかしくてならない。

ところがその翌朝、岸辺から会社にいる小野里の直通に電話が入った。

「いやあ、昨日は失礼しました。お電話をいただいちゃって」

愛想を言う岸辺に小野里は、（なんだ、出張だとか言ってたくせに、連絡はつけられたんじゃないか）と少し不愉快に感じた。それでも、

「いえ、善は急げと思いまして、それで失礼かとは存じましたんですが、私のほうからご連絡させていただきました。こちらこそ、大変失礼しました」

と何事もなかったように答えた。

「ああ、先日の話ね。あんたもやっと事の本質ってやつがわかったかかな」

岸辺が問う。

「ええ、さんざん迷いましたが、でも、潮時なのかな、やっぱり岸辺さんが時の氏神でいらっしゃるのかな、なんて思いましてね」

小野里は話すべき内容をあらかじめ箇条書きのメモにして準備していた。岸辺の回答によって、いくつかのパターンに整理されている。そのフロー・チャートの書かれた紙を受話器の前に置いて話を進めるのだ。

「私が会社を辞めることはいいんです。はじめっからそんなことに執着していたわけじゃありませんから。問題は、流通倉庫です。あいつは、やらなくっちゃいけない。五年後のギャラクシー・デパートのためにどうしても必要です」

そこまで小野里が手順どおり話していくと、

「いや、あの件は、もともとそちらさんが無から有を生じさせたものだから」

と岸辺が遮る。そこで小野里は、手元のメモの矢印のうち、いちばん下に書かれたコースに会話が進展していったことを確認した。その場合には、

「いえ、流通倉庫が必要なことはだいぶ前からたしかだったんです。ただ、とても一部の株主さんからご了解がいただけそうにないなあ、と悩みに悩んでいたんですよ」

と答えるように大木がコーチしてくれていたから、スラスラと淀みなくそう言うことができた。

しかし、岸辺の答えは意外なものだった。

「とにかく、一度会うのがいいんじゃないか。なんなら成海紘次郎が一緒のほうが話が早いか」

小野里には、岸辺庄太郎と二人だけで話をする機会など、そう滅多になかった。岸辺という男は、もともと四大紙の一つである東西新聞の政治部記者として辣腕《らつわん》で鳴らしていたのに、あるとき突然に新聞社を辞めたのだ。そして、いつの間にか成海紘次郎のアドバイザーとして取り巻きの一人になっていた。コンサルタントと称してはいても、客は成海だけと言っていい。要は成海の部下のようなものだ。そのくせ、外に向かっては成海の指南役のような立場にあることをいつも強調する。ギャラクシー・デパートの非常勤取締役としても、他のギャラクシー・グループ派遣の取締役とはちがって、自分は成海紘次郎のかけがえのない分身として取締役のポストを占めているのだという顔をしたがったから、小野里のことなど頭から小僧扱いにしてきていた。

そんな岸辺と二人で会うだけでも、小野里にとってはいささか足のすくむような思いがするのに、岸辺は成海と会ってはどうかと言ったのだ。ギャラクシー・グループにいる人間ならば、それがどれほどのことを意味するのか、わからない人間はいない。

グループ内に三百以上もの会社があるギャラクシー・グループでは、各会社のトップといえども、成海に会って話をすることがあるのは、年に二、三回、会社の状況について簡単な説明をし、重要な案件の決裁を受けるときだけだ。それを超えて会うことがあるとすれば、先日の小野里のような話のときだった。決裁を受けるときにしても、その場には持ち株会社であるナルミ・インターナショナルの関係取締役以下の人間が同席することが多いから、どうしても十人以上の会議になる。したがって、成海との直接のコミュニケーションは、実際にはもっと限られたものになるのだ。

「え、会長もですか」

思わず小野里は叫んでいた。叫んだ瞬間、「こりゃ、このテープは使えないな」と心のうちで舌打ちした。

「ああ、成海紘次郎は今回のあんたの動き、実はとっても心配しているんだよ。それもあんたのために。このあいだも、私と二人きりのときに成海が、『香港に来たときに僕がグループのもっと上を見てくれと頼んだけど、まさかそいつを誤解したんじゃないだろうね。小野里さんには、ゆくゆくはナルミ・インターナショナルで流通全体を見てもらいたいと思っていたんで、そう話したつもりなんだが。そうだろう、岸辺さん、いずれ小野里さんはギャラクシー・グループを背負う人間の一人になるんだからね。本人もそのことは前から自覚していたようだから、万に一つもまちがいはないと思うけれど、それにしてもね、あんなことをして、一体どうしたのかなあ』って言って、ま、成海なりにいわば思いあまって君との連絡役を私に頼んできたってところなんだ。

まったく成海も、それならそれで自分であんたに電話すればいいんだが、面倒なことになると、あの人はいつも私に押しつけてくるんだよ。私だってギャラクシー・グループ以外のお客《クライアント》の会社のことで忙しいと知っているくせに。だけど『悪いけど頼むよ』ってナポレオンに言われると、私もお人好しだから、つい断りきれないんだな」

岸辺は饒舌《じょうぜつ》だった。

「あれでも、結構本人は気に病んでるみたいなんだ。小野里さん、勘弁してやんなよ。私からも頼むよ。

それはそうと、いつ会おう。いまからにするか。あんたの言うとおり、善は急げだからな。昼飯一緒に食おう。広尾のエンパイヤ・ホテルの例の部屋とっとくから」

岸辺がいまから会おう、と言い出したのを聞いて、小野里は大木弁護士の言った「鴨が葱を背負って」という言葉を思い出した。思い出して、危うく電話口で吹き出すところだった。岸辺が赤ん坊を背負うねんねこに何本もの白葱をくるんで背中に背負っている姿が浮かんだのだ。

広尾のエンパイヤ・ホテルは、ギャラクシー・グループのホテルの中では比較的新しく、大使館の点在するエリアの中にあって、部屋数は八十と少なかったがその分高級感のあふれる「セレブリティのため」という表現がふさわしいホテルだ。三階建てで全体が白く塗られた、ちょっとサラセン帝国時代のアラビアがかった南欧風の瀟洒《しょうしゃ》な建物が、ぐるりと敷地の周りを四角に囲んでいて、その内側に中庭と小さな池がある。小野里も、グループのポリシーとして、ギャラクシー・デパートの接待にはこのホテルを使うように言われていたから、なじみと言っていい。池に臨む位置にある一階の喫茶室の隅に座ると、池の片隅に植えられたリンゴの木が陰になって、外からは見えにくい。逆にその席からはロビーを出入りする人が見える。そういう一角があって、小野里はその席を秘かに自分専用と決め込んでいたほどだ。

ホテルに着くと、小野里の顔を見知った支配人が驚いたような表情を一瞬浮かべた。それで小野里も、自分がここではもはや歓迎されない客になってしまっていると思い知らされる。しかし、支配人はすぐに職業的な笑顔を取り戻し、如才なく頭を下げた。

三階のいちばん奥の部屋がこのホテルで最高のロイヤル・スイートになっていて、小野里も何度か大切な商談に使ったことがある。窓から下の池を眺めると、リンゴの木がすぐ下に見える。その向こうに、陰になって見えないが、小野里の好きな喫茶室の席があるのだ。

岸辺は先に来ていた。奥のソファに深々と座っていたが、小野里がドアを開けると、立ち上がって席を勧める。

「いやあ、すみませんねえ、呼び出したりして。もっとも、あんたにとっても大切なことだから、大歓迎かな。私も、コンサルタントとして成海だけじゃなくてあんたからも報酬をもらってもいいかもしれないなあ」

開口一番、そう言う。小野里は岸辺が上機嫌なのが不思議でならなかった。それに、このロイヤル・スイートの部屋に入ったときにそれとなく見回してみたが、岸辺一人しかいないようだった。姉大路がどこかに隠れているような気もしたが、とにかく成海がいないとわかると、急に気持ちが楽になった。しかし、すぐに今度は胸のポケットに入れた超小型のテープレコーダーのことが気になりだした。

「岸辺さん、いろいろご心配をおかけして、何と申し上げたらいいのか。今日もこうして、あいだに入っていただいて、ありがたいと思っています。何と申しても、岸辺さんはギャラクシー・デパートの取締役でいらっしゃるから、私としても大いに頼りにさせていただいているんです」

まず、岸辺がギャラクシー・デパートという株式会社の取締役であることを確認する。そのことを必ず話の中に入れるように、大木に言われていたのだ。

岸辺は単なる挨拶と受け取ったようで、

「いや、今回のことについては、あんたもいろいろと事情があってのことだろうけど」

と、受け止めてから、電話での話の繰り返しを始めた。

「ともかく、裁判はいかん。ビジネスマン同士、話し合えばわかるものを、裁判なんかしてはいかん。そんなことをしては、まとまるものも、まとまらなくなってしまう。

私は昔からそういう主義でしてね。裁判は嫌いです。ですから、あんたも今日は裁判のことはひとつ忘れて、私の話を虚心坦懐《きょしんたんかい》に聞いてほしい。

ギャラクシー・グループは、実はあんたを大いに必要としている。わかっているでしょう。成海紘次郎は、あんたもわかっているでしょうが、なかなかの野心家でね。日本の流通については一家言を持っている。彼の見るところでは、近々大規模な再編成が始まるだろう、ということだ。そうなると、ギャラクシー・デパートもいままでのように暖簾にあぐらをかいてはおれない。いや、失礼、あんたがあぐらをかいていたというのではない。もののたとえだ」

(物を売ったことのないおまえに、流通のことがほんの少しでもわかってたまるか。渋谷の店はこの俺が考え、自分の手で作り上げたんだ。暖簾なんかじゃない。だいたい、おまえにわかる流通は、ギャラクシー・グループの中で流通している噂話のことくらいだろう)

小野里は岸辺の話に、腹の中で鼻の先をフンといわせたくなる思いだった。しかし、黙っていた。岸辺が喋りつづけているのだ。胸のテープは順調に回っていた。

「で、その大再編に向けて、あなたにグループの流通部門全体を見てもらおう、というのがナポレオンの考えなんだ」

突然、岸辺は小野里のことを「あなた」と呼びはじめた。

「どうだい、過去の誤解は誤解として、ここはもう一度戻ってこないかね。会長も喜ばれるぞ。そして、三人で日本の流通業界をあっと言わせてやろうじゃないか。いまはこんな状況だから詳しい話もできないが、会長はいろいろと考えを巡らしておられる。面白くなるぞ。私が言うんだからまちがいない。

裁判のこと考えているんじゃないだろうね。さっきも言ったとおり、裁判は忘れていい。どうせ、あなたの負けだ。それはわかっている。

しかし、われわれはビジネスマンだ。裁判はビジネスの一手段にすぎないし、それも最悪の状況で仕方ないときに使う、最低の手だ。あなたもそう思うでしょう。ビジネスの話は、ビジネスマンにしかわからない。会長もそこはナポレオンと呼ばれるほどの人だ。同じだよ。

電話でも言ったけど、弁護士のことは気にしないでいい。あなたも弁護士費用がずいぶんかかっているだろうけど、それもこっちで全部もつことにするつもりだ。どっちの弁護士にしたって、弁護士なんて気楽なものだよ。そう思いませんか。苦労するのは依頼者だけだ。なにせ負けるのは依頼者本人で、弁護士は勝っても負けても同じ、カネを手にするだけだ。そのうえ、何もわかっていない裁判官までが口を出す。私はよく知らんが、結構大きな声を出すっていうじゃないか。はっはっはっ」

岸辺の言うことは、つい昨日、小野里が不安のあまり気が狂いそうになった口身そのものだった。それがいま、こうして岸辺が話すのを聞いていても、自分がそんな気持ちになったことすら思い出せない。小野里は、裁判に勝つために、何とか岸辺から大木の喜ぶような証拠をもぎとって帰りたい、その一心でいた。岸辺は小野里の沈黙を意に介さず、言葉を続けた。

「おやおや、失礼。裁判の話はなしと自分から言っておいて。

どうだろう。悪い話じゃない。

あ、ギャラクシー・デパートは、真鍋君に任せたらいいと思う。何ならあなたから彼にそう言ってあげてはどうかな。彼も今度のことではえらく苦労しているだろう。早く安心させて、会社のため、グループのために本当の仕事に打ち込ませてやりたいよ。

それから、ナポレオン、自分のほうから『一緒に行こうか』と言ってたんだけど、私が『今日は来るな』と言ってやったんだ。『あんたが来たんでは、せっかくまとまる話も壊れる』って言ってやったら、むくれとった。だから、できるだけ早く会長と会ってくれるとありがたい。それに、そうなれば私が言っていることがすべて本当だとわかってもらえる」

岸辺の話を聞いていて、小野里は不思議な気がした。

（本当にこの軽薄な紳士は、こんな話でこの俺が乗ってくるとでも思っているのだろうか。それとも何か別の目的でもあるのだろうか。たとえば、俺から何か役に立つ言葉でも引き出して、それをテープにとって裁判所に出そうと姉大路にでも言われているのだろうか）

そう思ってから、（いずれにしても）と気を引き締めた。取るものを取らなくては。テープの録音時間のリミットも気になりはじめた。

「岸辺さん、なんとお礼を申し上げたらいいのか。しかも、会長まで私のことをそこまで買っていてくださるなんて、もったいないようだ。私は、株主が辞めろ、と言うのならいつでも辞めます。このことだけはハッキリと申し上げることができます」

「株主が辞めろと言うなら」というのも、大木の表現だった。「だって、株主が声を出して『言う』ことができるのは、株主総会のときだけですからね」。そう続けて大木は笑った。

これから自分の言うことがクリアに録音されるように、小野里は少し声を大きくした。

「ただ、岸辺さん。岸辺さんもギャラクシー・デパートの取締役でいらっしゃるからわかっていただけるでしょう。あの流通倉庫はどうしても必要だ。あれをいま作らないと、会社の五年後、十年後はない。それでは社員がかわいそうだし、株主にも結局迷惑をかける。ギャラクシー・グループの中で私をもっと使い込んでやると言っていただけるのは、サラリーマン冥利《みょうり》に尽きる。しかし、いずれギャラクシー・デパートから出ていくとしても、あの流通倉庫のことだけは、私が社長のあいだに決めておかないと。それだけが心残りなんです」

言っているうちに、自分でも感情がこみ上げてきて、途中から涙声になってしまった。

(本当に、あの流通倉庫なしには、ギャラクシー・デパートの未来はないんだ)

裁判所へ陳述書を提出するために、何度も同じことを考え文章にしてきていた。

「大丈夫、真鍋君がいるから、流通倉庫のことは彼に任せたらいい」などと、最初のうち岸辺は答えをはぐらかしていたが、そのうち流通倉庫のことについて相槌《あいづち》を打ってさえやれば小野里が本気で辞任しそうだと感じたのか、岸辺の言い方が変わった。

「わかった。僕もギャラクシー・デパートの、社外とはいえ一取締役だ。あなたの言うことはわかる。そう、あの流通倉庫は絶対に必要だ。社長が真鍋君にかわっても、この私がギャラクシー・デパートの取締役でいる限り、流通倉庫の計画は必ず実現させる。ナポレオンには私が言う。ナポレオンは、そういうことは現場の会社のトップに任せる主義だから、絶対大丈夫だ。だから小野里さん、あなたも安心してグループの中で『もう一つ上』に行ってください」

小野里と岸辺の会談を録音したテープは、次の裁判所の審尋期日にかろうじて間に合った。反訳文がA４判で二十三ページになった。何ヵ所かは「聴取不可能」と記載されている。

大木の準備したナルミ・インターナショナルに対する反論の準備書面と一緒に、このさして厚くもない書証を受け取ったとき、姉大路弁護士はさほどの注意を払わなかった。ただ、姉大路の隣に座った野添弁護士が、すぐにぱらぱらとページを繰り、途中からゆっくりと読みはじめ、最後には何度も同じところを繰り返して確認した。そして、鉛筆で丸く何ヵ所かマークすると、姉大路に示した。

姉大路がすぐにその部分を目で追う。すると顔面がみるみる紅潮していくのが、大木の目を引いた。裁判官のほうを見ると、裁判官も、野添がその場でその書証を検討していたせいか、同じところを読んでいる様子で、黙ったまましきりにうなずいていた。

「ええと。この本日提出の準備書面と書証についての反論を、明後日までに債権者のナルミ・インターナショナルにやってもらって、この手続きはそれで終わりということにしましょう。債務者のほうはもういいですね」

納取裁判官が、やっとすっきりしたといった声で宣告する。大木が「いいえ、債務者としても必要に応じて追加を」と言ったのにも、納取裁判官は「もういいでしょう、債務者のほうは。債権者の最終的な立証がどうなるのか、裁判所としてはそれを待って、早々に結論を出したいと思いますから」と言って、切り捨ててしまった。大木が笑顔を浮かべる。姉大路は固く唇を結んでいたし、野添はまるで、自分はナルミ・インターナショナルの代理人ではないかのような、超然とした態度を崩さないままだった。

二日後に仮処分の申し立ては却下された。ギャラクシー・デパートの第三者割当増資の障害がなくなったのだ。

6

平成十二年八月はじめには、予定どおり新しい株式がマウンテン・ファンドに割り当てられて、ギャラクシー・デパートはギャラクシー・グループから離れた。ギャラクシー・グループがギャラクシー・デパートの大株主であることに変わりはなかったが、過半数の株はマウンテン・ファンドと小野里支持の金融機関その他の大株主の手中に移ったのだ。

マウンテン・ファンドへの第三者割当増資が終了すると、ギャラクシー・デパートの筆頭株主はマウンテン・ファンドになった。その次がギャラクシー・グループ、そして、金融機関と続く。金融機関と取引先を十社ほど合わせると一〇パーセントを超えていて、マウンテン・ファンドの四一パーセントと合計して過半数になる。これが小野里政権の支持基盤だった。

だが、岸辺もその他のギャラクシー・グループから派遣された社外取締役も、五人全員、誰一人辞任したりはしない。監査役の姉大路も留まっている。取締役会も構成メンバーはいままでどおりだが、取締役会が開かれるたびに会社側とギャラクシー・グループ側の取締役とのあいだで激論が交わされるようになったことが、これまでと変わった点だった。そういう意味で、取締役会はいつも盛況だった。ただ、社名についてだけは、ギャラクシー・グループからの変更の申し入れをマウンテン・ファンドも小野里支持の金融機関も了解した。ギャラクシー・デパートは、新しく「エンジェル・デパート」という名前に生まれ変わった。

小野里は、自分のものを含めて、取締役が提出していた誓約書を維持することにした。自分が支配者になってみれば、他の取締役を拘束しているこの文書は、ずいぶんと使いでのあるものに見えはじめたのだ。大木に相談すると、

「会社から有用な人材が出ていかないようにするには、二つ方法があります。一つは縛る。もう一つは引き寄せる。この誓約書は前者としてはよい方法でしょうが、人間は一筋縄ではいかないものです。みなさんは、後者のやり方を小野里さんに期待しているのではないでしょうか」

と意外なことを言った。

有能な社員を引き止め、さらにやる気を引き出すための方策を早急にたてることは、マウンテン・ファンドが筆頭株主になってから最初に要求されたことでもあった。

「小野里さん、われわれは約束を果たしてギャラクシー・デパートの株主になりました。今度の株主総会でもあなたを支持するでしょう。ですから、今度は小野里さん、あなたの番です。いいですか、一に株価、二に株価、三、四がなくて、五が株価ですよ。

それで、あなたも大いに利益を受けてください。われわれはあなたが早く自分のためのストック・オプションを持つようにしてほしいです。そうすれば、会社からの報酬は少なくてすむ。市場があなたに直接報酬を払うんですからね。あなただけではありません。取締役のみなさんにも、重要な従業員の方々にも、ストック・オプションで一日も早くお金持ちになってほしいです」

マウンテン・ファンドの新しい在日代表になったカール・クロンショーは、流暢《りゅうちょう》な日本語で小野里に言った。

ストック・オプションについて小野里が相談すると、大木は辻田弁護士と話してくれるようにと言って自分は表に出ようとしなかった。しかし、大木は面白いことを言った。

「小野里さん、これからはすべてが鏡の世界の出来事のようだと思ったほうがいい。いままでの発想を百八十度変えなくてはならないことがいくつも出てきます。

いちばん重要なことは、小野里さん、あなたは取締役会の多数の上に乗っていることです。あなたからすれば、みんな部下だ。ふだんならそれでいい。しかし、いまのあなたにとって、取締役のみなさんは戦友だと思わなくてはいけない。あなたが子飼いだと信じている人々こそ、あなたにとって最も大切な方々です」

大木が「子飼い」という言葉を使ったとき、小野里の脳裏に香港のプラモントリ・ホテルでの出来事が浮かんだ。そして、それと同時に「番犬」という単語の響きがよみがえる。姉大路に非競業条項について説明を受けたときの、自分が首輪をつけて地べたを這い回っているような、持って行き場のない絶望感が再び胸を塞《ふさ》ぐ。

（本当にもう誰かの『番犬』ではなくなったのか？）

そう自問してみて、「わからない」と自答していた。

大木は小野里の心の中のことなど意に介していないかのように、澱《よど》みなく話を続けた。

「私があなたなら、成海とは仲直りして、株主間の協定でも結びたいところです。マウンテン・ファンドとの協定と成海紘次郎との協定の二つがあれば、社長としてのあなたの立場は万全だ。後は、経営に専念して、株価を上げるだけのこと。おっと、これがいちばん大変なんですがね。しかし、そいつは私のフィールドじゃあない」

（成海が、自分からギャラクシー・デパートを奪い去った俺と協定など結ぶはずがないのに。しょせん弁護士は弁護士か。あの傲慢《ごうまん》な男は、けっして俺を許さないだろう）

小野里はそう思ったが、黙っていることにした。

仮処分を巡っての裁判騒ぎが終わって、日常の営業に邁進《まいしん》する日々が始まると、小野里は心の底から、自分がこうした日々の仕事になじんでいることを痛感した。自分の肉体の一部でもあるかのように、すべての物事が滑らかに進む。そして、そのことに生理的な快感がある。

朝、誰よりも早く、七時半には社長室に入る。その日の自分のスケジュールを確認しながら、前の晩に自宅で書いたメモや、夜中に目がさめたときに書きなぐった紙切れを整理して、いくつもの指示文書に仕上げるのだ。秘書が出社してきて、小野里に飲み物を何にするか尋ねるころには、もう小野里のアウトボックスには無数のそうしたメモが置かれている。それを社内のeメールに乗せるのが小野里の秘書の一日の最初の仕事だった。

それでも、重要な事項についてはeメールだけではなく、必ず自分の手書きのメモを付けて担当者に送った。たとえ走り書きでも、自分の息吹のじかに伝わるものが読む者の心を動かすと何かの折に聞いて、ひどく感心して以来の習慣だった。

七時五十七分になると、隣の部屋にいる真鍋のところへ行く。二言三言、言葉を交わして、それから一緒に、毎朝八時の常務以上五人の定例会議が始まる部屋に歩いて行くのだ。だから、その会議室にいる人間は、毎度毎度、小野里と真鍋が何かしら楽しそうにささやき交わしながら会議室に入ってくるのを目撃することになる。

「例の流通倉庫の計画、どうなっていますか」

席に着く時間も惜しいといった様子で、小野里が担当常務の茶谷に問いかける。

「は、実施設計が終わるところでして、着々と進んでおります」

そう答える茶谷にかぶせるように、

「そうか。ご苦労さま。急ぐだけじゃなくて、確実に、的確に進行させることも忘れないようにしてください」

真鍋が言う。一瞬、どよめきにも似た言葉にならないため息のようなものが、出席者の口から漏れた。

「うん、流通倉庫建設を進めることは、大事なことだが、要は順番をまちがわないように、ということなんだ」

小野里が横から助け船を出した。つい先ほど、小野里が真鍋の部屋に寄ったとき、前の晩にマウンテン・ファンドの在日代表であるクロンショーから流通倉庫の計画を見直すように言われたと伝えてあったのだ。クロンショーから小野里への指示は、明確に流通倉庫の建設計画を取り止めにせよ、ということだった。しかし、そう小野里が言うと、真鍋は「そうですか。マウンテン・ファンドが言うんじゃ、しかたがないですね。しかし、裁判所にあれだけ言ったことです。多少の縮小はあっても、ちゃんとしなくてはならないんじゃないでしょうか。いずれにしても、社長、みんなへの言い方は私に任せてください」と言ってくれた。

小野里を傷つけないために自分が表に出ようという、いつもの真鍋の配慮だった。

「わかりました」

茶谷は、すべてを察している様子だ。とにかく、マウンテン・ファンドのおかげでやっと成海紘次郎を追い払ったのだ。少々のことは我慢しなくてはならない、と誰もが理解していた。

重苦しい雰囲気の定例常務会が終わると、小野里は真鍋と一緒に引き揚げた。真鍋はいつものように小野里の部屋についてくる。

「みんな、思ったよりわかってくれたな。ありがたいことだ」

小野里が言うと、真鍋が思いもかけない強い調子で、

「みんな、しばらくの辛抱だと思っているんです。でも、ちがう、本当はちがうんだ。社長、え、一体いつまでこんなことが続くんですか」

堰《せき》を切ったように言葉が迸《ほとばし》り出た。喋りながら、真鍋の顔が震えていた。小野里は、真鍋の激しい様子に、あっけにとられた。

(一体全体、この男は何なのか。何にこんなに腹を立てているのか。そんなに怒るようなことがこの男の人生にはあるのか。それは、この男の外側に存在する理由なのか、それとも、この男の内側に巣食っている理由なのか)

「実は」

と言って、小野里が切り出した。タイミングとしては最悪のような気もしたが、逆に、そうした折だからこそいちばんいいのだ、という気もした。

「マウンテン・ファンドからは、もっと別のことも言われているんだ。どうも、君の様子を見ていると、何だか言い出しにくくなってしまったけど」

小野里は、そうした言い方が卑怯な響きを持っているとわかっている。そう言えば、真鍋のほうから「何ですか。言ってください。私には何でも隠さず言ってください」と励ましてくれるのではないか、と心のどこかで期待している。自分でわかっていた。

「別のこと？　あれ以外に一体あいつらは何を？」

そう言うと、真鍋は一瞬黙っていたが、意を決したように、

「もう止めにしましょうや、社長。断ってください。社長のところで撥《は》ね返してくださいよ。私は聞きたくありません」

ときっぱり言った。

「いや、そうはいかない。君はエンジェル・デパートの副社長だ。知るべきだし、社長である俺は君に言う義務がある」

小野里は、あわててそう言うと、真鍋に口を開く間を与えず、

「本店閉鎖だ。それと、人員整理。一年以内に三分の一を削減する」

と投げ出すように言った。

真鍋は黙ったまま小野里の顔を見つめる。何も言わない。

「京橋の本店はもう要らんだろう、と言うんだ。ま、渋谷店で儲けて本店のザルに注いでいるんだから、それはそのとおりなんだけど。でも、アメリカ人てのは、ドライだな」

沈黙に耐えきれず、そう小野里が言い足すと、真鍋は下を向いたまま黙っている。

「俺だって、本店の閉鎖はいやだし、いまやるのは、そもそもビジネス戦略としてまちがった判断だと思う。京橋地区全体は地盤沈下か何か知らないが、ウチの店はその中ではしっかりやっている。たしかにここのところ売り上げはひどいもんだが、『あの店でなくっちゃ』というお客さまは大手の法人を中心にして根強いんだ。それに、何と言っても、ここはこの百貨店の発祥の地だ、心のふるさとだよ。

この部屋の向こう側にも下にも、本店の売場が広がっている。すぐ、この壁の向こうだ。華やかな、明るい、商品を愛で包《くる》んで売るところだ。そこで俺は二十二歳の人生をスタートした。そこで何百回も地団駄を踏み、それと同じくらいの数だけ万歳を叫んだ。な、真鍋、おまえも同じだろう」

小野里が一人で喋り続ける。

「でも、要求は本店を売り飛ばせというだけじゃない。人も三分の二がいればいいって言うんだ、奴らは。でも、本店を閉めることにしたって、浮くのは五分の一がせいぜいだ。それを一年で三分の一を減らせと言う。無茶だよ。新人の採用を減らすとかして何年もかけてやるっていうんならともかく、だ。アメリカ人には、日本ではクビ切りが難しいってことが、全然わかっていないんだな。ウチの連中にそんなこと言えるかよ」

「三分の一に辞めてもらう話になれば、もうかれらを『ウチの連中』なんて気安くは呼べませんよ」

真鍋がぼそりと言う。

「そりゃそうだ。第一、そんなにたくさんの従業員に、辞めてくれ、なんて俺には言えんよ」

小野里がそう言うと、

「でも、まさか、もうあのアメリカ人たちに『わかった』なんて言っちゃってるんじゃないでしょうね。社長はどうか知らんが、私は絶対反対ですからね。みんなに何て言うんだ、そんなこと」

真鍋が顔を上げて、まっすぐ小野里の両のまなこを見つめながら言う。

その表情には、何の迷いもなかった。そして、単純に小野里を非難していた。真鍋のその顔を見たとき、小野里の気持ちが爆発した。

（一体、誰のおかげでここまでになったのか。それに、そんな小ぎれいなことを言って、それで何かがどうにかなるとでも言うのか。ノー、と言うのなら、他にどうできるというのか！　誰がこの会社の経営に責任を持つんだ）

そのまま大声で怒鳴りつけるところを、一歩手前で小野里は踏みとどまった。

「なあ、真鍋、俺もおまえも心のいちばん底で考えていることは同じだ。でも、さしあたって、他にどうできるんだ。

それに、考えてみれば、本店のことはいつか手を付けなくちゃならないことだって、誰が見たって同じ結論になるじゃないか。それなら、いまアメリカ人たちが要求することだと言って断行してしまうというやり方もあるんじゃないか。将来、長い先のエンジェル・デパートのことを考えれば、『ああ、あのときに無理矢理決断させられて、かえってよかった』と思えるときが来るんじゃないのか」

できるだけ静かに、穏やかな声で喋った。

「みんなは納得しない」

真鍋はひとことだけ言った。

「わかっている。だから、俺たち二人が二人だけで決めて、実行しなくてはならない。辛くとも、それが俺たち二人の使命だと思う。

なあ、真鍋。まさか俺がそれをわからずに言っているなんて思ってないよな。俺は、やる。それが社長の責任だ」

最後のひとことを言ったときに、小野里の腹にずしりと来るものがあった。社長という、会社のトップにある者の権力の実感が重く臍《へそ》の下あたりに応えた。（ナンバーツーの真鍋にはとうていわからない）という思いが胸を刺す。

「一緒にやってくれるよな。大変だけど、すべて会社のためだ、わかってくれるよな」

そう言ってから、

「おまえ、辞めるなよ」

と付け足した。悲運に立ち向かうドラマの主人公になったような、ぞくりとする快感がある。

「さて、どうでしょうか。私は社長じゃないですから。それに、私には社長の腹の中まではわかりません。とにかく、もう社長には私は要らないでしょう。本店を閉めて売るのはいいけれど、人を三分の一も辞めさせるんなら、私は外してください。私は抜ける」

そう抗《あらが》う真鍋に、

「いや、だめだ。辞めるなんて許さん。これは、俺たちが二人で一緒にやる二人のプロジェクトなんだ」

と厳かに言い渡した。自分でも少し芝居がかっているような気がした。

真鍋は、何も聞こえなかったかのようにソファから立ち上がると、すっとドアのほうへ歩いていく。その後ろ姿に、

「いいね、辞めるなよ。頼りにしてるんだ。頼むよ」

と声をかけた。声をかけてから、自分の机に向かって座ると、椅子の背もたれを大きく後ろに倒して、伸びをした。真鍋も同じ船に乗っているのだ。海の上だ、航海の途中で下船することはできない、そんなことは船長の俺が許さない。そう何度も繰り返した。


十一月八日は、第二水曜にあたる。午前十時から、本社の会議室で定例の取締役会がいつものように始まった。ギャラクシー・グループの軛《くびき》を離れてからは、敵方の取締役もいるのだからという大木弁護士の助言もあって、取締役会では、念入りに準備した資料を使って、以前よりずっと詳しい説明がおこなわれるようになっていた。部長級の人事案件や店舗の改装のことなど、何件かの予定された議題が終わるころには、もう十一時半を回っていた。

「これで今日の議題は、予定していたものは一応終わったわけですが」

長いテーブルの端、議長席に座っている小野里が、皆が机の上の資料を片づけはじめたのを見定めるようにして、口を開いた。

「実は、今日は緊急でみなさんにお諮《はか》りしたいことがあります」

と言って、事務方をしている総務の人間に秘書課へ書類を取りに行かせた。

「書類が参りますまでのあいだ、私のほうから口頭だけでご説明します。ま、すべて後ほどお配りする資料に出ていることですから、とくにメモなどされなくてもすむことです。それから、これから申し上げることは、いまさら強調するのも変ですが、ぜひ秘密を守っていただきたいので、そのことをあらかじめお願いしておきます。そのために、お配りする資料も取締役会が終了したらすぐに回収させていただきますので、よろしくお願いします」

そこまで言うと、一呼吸おいて、自分の目の前にあるお茶を啜る。そして軽く咳払《せきばら》いして、

「京橋の本店を閉鎖します。不動産は処分して、借入金の返済にあてます。本店の閉鎖に伴って従業員の数も過剰になるので、この機会に大ナタを振るって、一挙に身軽な会社に変身します。なぜそこまでのことをしなくてはならないかは、みなさんよくおわかりのところですが、お手許に配付する資料で順にご説明させてください」

背の高い、三十は過ぎたと思われる女性秘書が、資料のコピーを抱えるようにして持ってきた。その後ろに、派手な背広を着た、これも三十過ぎと思われる痩《や》せた男が鞄を下げてついてくる。

男の姿を確認すると、小野里は席から立ち上がって自分の椅子をずらし、もう一つ椅子を

運ばせて自分のすぐ横に置かせ、男を座らせた。

「みなさん、ご紹介します。クリーブランド・コンサルティングの牧瀬純氏です。今回の本店閉鎖プロジェクトについて相談に乗ってもらっている方です」

小野里がそう声を張り上げると、隣に座った牧瀬がまた立ち上がって、軽く礼をした。

「ここからは、牧瀬さんに直接ご説明願いましょうか。

あ、申し上げるのが遅れましたが、クリーブランド・コンサルティングはマウンテン・ファンドからご紹介いただいたコンサルティング・ファームでして、こうしたことにはたくさんの経験と膨大なノウハウを持っているところだそうです」

取締役や監査役の前に置かれた資料は、アメリカ風の仕上げで、緑色のプラスティックのリングが繋《つな》がっている背表紙に、深緑色の厚手の紙で表紙が付けられ、その後に何枚もの紙が綴《と》じられている。中身はA４判の紙を横長に使った説明文で、一ページに五、六個の大きな黒丸《ブレット》があり、その後に大きな文字で二行ずつくらい、合計で一ページにつき十二、三行が並んでいた。何ページかごとに耳が張りでていて、そこにいわくありげに「SECTION I」などと印刷されている。後ろのほうは資料編らしく、たくさんの数字が小さな活字で印刷されていた。最後の紙には表紙と同じ質、色の紙が使われ、著作権がクリーブランド・コンサルティングに留保されていることが小さく記載されていた。

「では、一ページをご覧ください。ここには、今回のプロジェクトの前提条件がいくつかリストアップしてあります」

牧瀬が気負った調子で説明を始めると、離れた場所にいる岸辺庄太郎から声が飛んだ。マウンテン・ファンドへ割当を実行して以来、岸辺の場所は議長の隣の席からいちばん遠い席に移されていたのだ。

「おっと、待った。一体これは何の話だ。そんなこと、急に言われたって、どうしようもないじゃないか。こういう、本店を閉めちまうとか人のクビを切るなんていう重要な話は、事前に資料くれて検討する時間をくれなくちゃ、議論のしようがないよ。それとも、今日は説明だけっていうことなの。それならそれで、聞くだけは聞くけど。まず、それはっきりしてよ」

「取締役会の議案については、事前に検討することができるように情報をあらかじめ渡しておくことが法律上の要請です。ですから、今日議決するということは、法律上許されません」

岸辺とともに小野里の反対側に移されてしまった監査役の姉大路弁護士が岸辺を後押しした。

牧瀬は、どうしていいのかわからないという様子で、小野里のほうを振り返った。

「まあ、とにかく説明を聞いてみてください。議決するかどうかは、その後でみなさんが決めることです。中身も何もわからないうちから、議決がどうのこうの言ってみても始まらんでしょう」

小野里が歯牙《しが》にもかけないという口調で牧瀬に先を促す。

牧瀬の説明は、さすがに要領を得ていた。

まず、本店の業績について、同じエンジェル・デパートの他の店との比較がなされ、次いで同業のいくつかの会社、店との比較がされた。それから、本店特有の事情をあげて修正が加えられている。

さらに、世界の景気、ことに米国の景気を、本店の業績の観点から分析し、これからの見通し、必要な投資額、資金の調達などさまざまな点についての検討が加えられ、最後に、あくまで可能な結論の一つとして、本店を閉鎖して売却した場合の詳細な分析がなされた。

売却する場合の効果の一つとして、人員削減のことにも、いくらかの退職金上積みも織り込んで、具体的な数字として触れてあった。減員幅も六分の一、四分の一、そして三分の一の場合について、それぞれシミュレートされている。もちろん、売却しない場合の憂鬱《ゆううつ》なシナリオについても、牧瀬は資料の数字を引用しながら説明した。小一時間だった。

「ということです。どうでしょうか。何か質問は？」

小野里が促すと、岸辺がもう一度同じことを繰り返す。

「説明は聞いた。私なりに検討したいこともある。とにかく、今日はここまでということにしましょうや」

「いや、善は急げです。牧瀬さんの説明は明快でよくわかりました。私としては、今日決めるつもりです」

そんな馬鹿な、という声を岸辺があげたが、もう小野里は取り合わなかった。

「では、この線に沿って、本店即時閉鎖と売却、一年以内の三分の一の人員削減という方針で取り組んでまいりたいと思います。本日中には、記者発表もする予定です」

そう小野里が押さえつけるように言うと、会議テーブルの離れたところから、

「いや、私は反対です。岸辺さんのおっしゃるとおり、今日のところは説明を聞いただけということでいいのではないでしょうか」

と野太い声で誰かが言い返した。取締役本店副店長の矢島健一だった。ゴルフで銅像のように日焼けした顔の下に太い猪首が続いている。

小野里は自分の言うことに、常勤の平取締役の中から反対の声があがったことにびっくりして、思わず右隣に座っている真鍋を見た。この議題を提出してから、真鍋は一言も発していない。真鍋は、小野里の視線に気付いたようだったが黙っている。

「どうして矢島君が」

そう小野里のほうから真鍋に小声で問いかけた。矢島健一は取締役の中で最年少の四十三歳で、小野里の期待する若手の中でも最大の有望株だ。取締役にするのも、もちろん小野里が決めたことだったし、次は主力店である常務渋谷店長にして、ゆくゆくは自分の後継者に、などとも考えていた。矢島自身も、そうした小野里の考えはよくわかっていて、ふだんから小野里には特別の親しみを持っているはずだった。

「反対しているのは矢島だけじゃない。こんなこと、藪《やぶ》から棒に、無茶苦茶だ」

真鍋が吐き捨てるように言った。

その声を遠くに座っていた岸辺が聞き逃さない。

「常勤の人まで『もう少し検討したい』って言うんだから、小野里さん、今日のところは無理しないで、時間かけて決めることにしようや」

岸辺は、あくまでも穏やかに言った。その取り澄ましたような口調が小野里の癇《かん》に障った。

「いや、何もこれ以上議論する必要はない。本店を売り払わない限り、人を三分の二にしない限り、将来のエンジェル・デパートは存立できない。そういうことでいいですね」

小野里が決めつけるように言うと、

「私は絶対反対です」

真鍋が低い声で、今度は決然とした調子で言った。

「私も反対です」

同時に、声を揃えて、矢島ともう二人の常勤平取締役が反対した。

岸辺が、

「どうやら、われわれギャラクシー・グループから来ている人間を合わせると、多数はこちらのようですな。八対九で否決だ。よかった、よかった。私はギャラクシー・グループのことを言っているんじゃないですよ。そんなケチな根性ではない。エンジェル・デパートのこと、とくにエンジェル・デパートの社員のみなさんのことを思って、よかったと、万感の思いを込めて、そう思うんですよ」

と、日向《ひなた》ぼっこをしている老人のような声を出した。


「先生、大変なことになりました」

取締役会の開かれた会議室から自分の部屋に戻ると、小野里はすぐに大木弁護士に電話をかけた。幸い大木は事務所にいてすぐに電話をとってくれた。小野里の急き込んだ調子に、

「どうしました、取締役会で社長を解任でもされましたか」

と、こともなげに言う。

「いや、それほどのことでは」

そう口をついて言葉が出た自分が、自分で恨めしかった。

「でも、似たようなものです。本店の売却と人員削減案を出したら、真鍋の奴が裏切りおったんです。それに矢島以下三人も同調して、ギャラクシーの連中と合わせたら、あっという間に過半数になってしまって」

「おやおや、もうリストラの話を出しちゃったんですか。そりゃ、みなさんにはちょっと刺激が強すぎたんではないかな、とくに旧ギャラクシー派の人々には」

「旧ギャラクシー派？」

「ええ、私が勝手にそう名前をつけたんですがね。でも、真鍋さんがそうなることは、はじめからわかりきっていたんじゃないですか」

「とにかく、私の不信任決議が通ったということです。皆が私の言うことを聞けないというんなら、全員クビにしてやります。そうでなきゃ、私が辞めるしかない」

小野里が切羽詰まった調子でそう話すと、電話の向こうで大木が笑った。

「まあ、そんな早まった結論を出すこともないでしょう。そんなことより、本店の閉鎖や売却、リストラについては、まだクリーブランドの牧瀬さんが検討中だったのではないですか。まさか、牧瀬さんの案のできあがるのを待たないで取締役会に出しちゃったんではないでしょうね」

「そんなことしませんよ」

憮然として、小野里が答える。

「そんなこと、するわけがないでしょう。昨日、マウンテン・ファンドのクロンショーから私に指示があって、今日の取締役会で決めろ、ということだったんです。それで、私は『まだ牧瀬さんの案ももらっていない』と言ったんですよ。そうしたら、クロンショー氏、『あ、明日の取締役会の席に牧瀬さんが持っていきます。中身は牧瀬さんに直接説明させればいい。小野里さん、あなたは中身のことがわかってなくても大丈夫です』と言うんですよ。否応《いやおう》なしですよ」

そうだったのだ。クロンショーが取締役会の直前になって、かねてから懸案になっていた本店の閉鎖と売却、それに人員削減の話を、すぐに取締役会で決めてしまうようにと指示してきたのだ。小野里が無理だと言うと、「無理が通れば道理が引っ込む」とクロンショーが電話の向こうで呟くように日本語で言って、自分の台詞に自分勝手に感心していた。

小野里は、「あなたは中身のことがわかっていなくても大丈夫」とは、社長の自分をつかまえて何事かと思ったが、クロンショーの言うことには、結局のところすべて賛成するしかないことはわかっていた。

クロンショーの言うことは理由があった。たしかに、エンジェル・デパートの本店である京橋の店は、もう回復しようのないところへ来ていた。そのことは、社内の人間には明らかになって久しかったが、誰も言い出そうとしない。発祥の地であり本店でもあったので、一種のタブーになっていたのだ。いまのところエンジェル・デパートでは、新しい渋谷店が京橋の本店の衰退を埋めて余りがあった。小野里の功績と言ってよかった。しかし、そのことが逆に、京橋の本店に手をつける時期を一日延ばしにすることを許してもいた。

小野里にはわかっていた。だからこそ、このあいだも真鍋に相談したのだ。簡単に了解してもらえるものと思い込んでいた。二人だけの、いつものくだけた場面での話では絶対反対を唱えていた真鍋だったが、小野里は、真鍋が取締役会の席でまでとことん反対するなどとは夢にも思わなかった。

「真鍋までが、無責任に反対するなんて。エンジェルも京橋を切れば身軽になって、もっともっといい会社になるんだ。そのうえ、今回の騒ぎをきっかけにして人を三分の一減らすことができれば、願ったりかなったりだ。第一、いずれにしても、それが大株主のマウンテン・ファンドの意向なんです」

「で、今日の出来事について、クロンショー氏には知らせたんですか」

大木が尋ねると、

「いや、何て言ったものか、先生にお聞きしてからと思いまして」

大木はやれやれ、という気がした。いつも自分の役回りはこうなのだ。物事がうまく運んでいるときには連絡がなくなる。それがどこかで停滞したり脱線したりすると、まるで大木にすべての責任があるように、電話が入る。しかし、それが大木の職業だった。大木が、

「何ても何もないでしょう。ある議案が取締役会で否決された、それだけのことじゃないですか。そう事実を言うしかないでしょう。もっとも、そうしたら、明日はクロンショー氏と一緒に飛行機の中、ということになるのでしょうが」

と言うと、いかにもげんなりした声で小野里が、

「先生もそう思われますか。そうでしょうなあ。でも、ニューヨークに行ったって、何か別のことをうまい具合に言うなんて、できるはずもないんですよ」

と消え入るように言った。

「でも、どんなに気に入らない事実でも、事実に直面することは、それだけでも一歩前進ですよ」

大木は、そう小野里を慰めずにはおれなかった。

「小野里さん、取締役会はあなたのフィールドだ。あなたはわれわれに何て言いました？

取締役の過半数は絶対大丈夫だ、どんなことでも自分の言うとおりになる。なぜなら、ギャラクシー・グループからの派遣を除けば、残りはみんな自分の子飼いだからだ、って言いましたでしょう」

マウンテン・ファンドでエンジェル・デパートを担当しているドロシー・ファーレルが、マウンテン・ファンド本社のオフィスで、小野里を相手にまくし立てた。クロンショーも彼女の前では黙ったままだ。

小野里は、いつものミーティングなら、ドロシーの大きく波打つ金髪と少しくたびれてきた皮膚を見ながら、通訳が喋りはじめるまで知らぬ顔をしていてもすんだのだが、今日は勝手がちがった。ドロシーは、彼女が英語でまくし立てることを小野里がほとんど理解できないことなど意に介していない。この地球上で唯一の言語である自分の喋る言葉を理解できない人間がいるなどとは、想像もできない、という様子だ。激しい非難の感情を込めた二つの淡いブルーの目で、小野里の目を睨みつける。ドロシーはテーブルから立ち上がって、部屋の中を歩き回りながら喋っていたから、テーブルに座ったままドロシーから視線を外さないで聞いている小野里は、自然と教師に叱られている小学校の生徒のような気分に落ち込んでいった。せめて自分も相手を睨みつけていることが、小野里なりの外国人株主への自己アピールだった。

「小野里さん、あなたは約束を守らなくてはいけない。あなたは、このマウンテン・ファンドと約束したこと、覚えてますね。おカネはこちらが出す。経営は全面的に小野里さん、あなたが責任を持つ。

ところが、何ですか、今回のことは。

エンジェル・デパートの京橋本店の閉鎖と売却は、あなたの計画です。それどころか、はじめてニューヨークでお会いしたときに、あなたのほうから言いだしたことです。私たちがエンジェル・デパートへ投資を決意したファクターの大きな部分は、そのことです。それに、従業員を大幅に減らすこともお互いに納得したことです。それなのに、あなたは、その計画を取締役会で承認させることに失敗した」

ドロシーは執拗だった。それは当然のことだ。ここでは小野里を責めているドロシーだが、投資家の前で説明しなくてはならないのは、彼女なのだ。もし、このエンジェル・デパートへの投資案件が完全な失敗に終われば、彼女の上司にあたるジェレミー・ハワードは、投資家に対して、彼女をクビにすることで事態を収拾しようとするかもしれないのだ。

だからといって、ジェレミー・ハワードの責任が軽くなるわけではない。しかし、そうでもしなくては、ジェレミー自身が自分のミスについて、投資家に説明できなくなってしまう。ジェレミーにとって、自分のミスは、ドロシーにギャラクシー・デパートのプロジェクトを任せてしまったことでなくてはならない。自分が直接担当していれば、あるいは、ドロシー以外の誰かに任せていれば、けっして起きなかったことが、ドロシーのために起きてしまった。選任したこと、監督を十分しなかったことの責任は自分にある。しかし、それに留まる。この世界で生きつづけていくためには、ジェレミーとしても、そういうふうに説明する必要があった。

直接の担当であるドロシーにしてみれば、このプロジェクトを何とか成功させる以外に逃げ道はない。目の前の、何を考えているかわからない、ただ眼球《アイボール》と眼球《アイボール》で睨み合っている日本人の男に自分の運命がかかっているのだ。

「小野里さん、これからどうすることができるとお考えですか」

ドロシーは小野里の真ん前に、椅子を逆向きにして背もたれを両手でつかんで座ると、ゆっくりと尋ねた。先ほどまでの、紅く染めた爪で小野里の顔面につかみかからんばかりの調子とは打って変わって、微笑すら浮かべている。小野里は、その表情だけを見ていると、まるでこれから二人で明るい日差しの公園へサンドウィッチを持ってピクニックに行く相談でも始めるような気がしてきた。

小野里が答える前に、クロンショーが説明を始めようとしたが、ドロシーが少し眉をしかめただけの動作で遮った。日本にいるあいだは、小野里にオーナー然としてふるまうクロンショーも、ドロシーの前では若い男の子でしかない。ドロシーがアゴを前に突き出して、小野里の答えを促す。

「問題は」

小野里はまずそう言って、通訳を待つあいだに、言うべきことを考えた。

「本店閉鎖と人員整理をごっちゃにしているところにある。日本では店舗を閉めたからといって、従業員をクビにすることなどしないのが普通です」

そう言ってやりたかったが、ぐっと飲み込む。小野里にしてみれば、受け身ではあったが、もう賛成していることだった。それに、従業員の数を減らすことは、小野里も必要だと感じているのだ。ただ、大変なことだという意識がまとわりつく。小野里は、自分の頭の中に雑然と混在しているいろいろな考えを強引に切りわけると、

「問題は、取締役をクビにすることができないことにある。かれらの任期は来年の五月まであります。ですから、マウンテン・ファンドとしていつまで待つことができるのか、それが問題でしょう」

と言った。

通訳を通じて伝えられる小野里のメッセージを、ドロシーが一言も聞きもらすまいと耳をそばだてる。通訳が訳している途中から、ドロシーの表情が変わった。

「待てない」

ドロシーがきっぱりと言った。それから、クルッと目玉を上に動かして一瞬考えてから、

「いや、小野里さん、来月まで時間を差し上げましょう。マウンテン・ファンドの投資家への定例の説明会が来年一月、フロリダであります。そのときに私は、エンジェル・デパートの進展状況について、何か積極的な報告をする必要があります。その前に、私が日本へ行くか、それともあなたが、またニューヨークに来るか。あるいは、私がヨーロッパへ行くために会えないことになったら、せめてロンドンと東京のあいだのビデオ・コンファレンスで話しましょう。

小野里さん、私たちがエンジェル・デパートについて投資家にしたコミットメントは実現しなくてはなりません。私にフロリダのフォート・ローダーデールで開かれるミーティングでよい報告をさせてください」

とやさしく言った。

「あなたの都合にあわせて、あなたの必要次第で現実が変化してくれるわけではない。いわんや、日本にいるエンジェル・デパートの何百人もの生活の糧を断ち切る話をしているんだ。あなたにとっては、フロリダだかフォート何とかだか知らないが、数字を羅列した報告会のお話なんだろうが、こっちは切れば血が滴る話なんだ」

そう叫びたかった。しかし、言わなかった。一つには、ここでマウンテン・ファンドと喧嘩をすることは、いまの小野里にはできないということもあった。しかし、ドロシー・ファーレルにとっても、結局のところ、やはり切れば血の出る話なのだろう、と漠然と理解することができたのだ。

小野里があいまいな表情で微笑していると、自分の言ったことがわからないでいるととったのか、ドロシーが、

「小野里さん、自分で言った限りのことは実行してください。約束を守る。これが基本です」

と、ほんの少し前の厳しい表情に戻って言う。

「もし、小野里さんが約束を守れなかったら」

通訳の女性を促して、まずその部分だけを日本語に訳させると、

「私たちも約束を守れなくなる、このことを忘れないでください」

と言った。

小野里が意味がわからずに、通訳にもう一度訳すように頼むと、通訳の女性が喋りはじめようとするのを手で制してドロシーが口を開く。通訳は無用だ、自分の言うことは多少とものわかった人間なら、言葉のちがいがあろうと誰でもわかるべきだ、と言わんばかりだ

った。

「ミスター小野里、あなたが約束を守らないときには、あなたはわれわれが約束を守ると思ってはいけない、ということです。われわれは、公開企業であるエンジェル・デパートの株主です。ですから、所有している株は、原則として、いつでも、誰にでも、われわれだけの判断で売却するのです。いいですね。いつでも、誰にでも、です。

私は、あなたを脅かすために言うのではありません。正反対です。あなたとの約束を守りたい、そして、あなたと約束したときに期待したことが実現することを待ち望んでいます。そうして、お互いにハッピーになりたいのです。私たちはパートナーです」

そう一気に喋りおわると、目尻に皺を寄せ唇を大きく左右に引いて、顔全体でまさに「スマイル」というにふさわしい表情を作りあげると、テーブル越しに右手を差し出して握手を求めた。

反射的にドロシーの手を握り返す。小野里はぞっとした。触れた瞬間の冷たい感触が、つながった掌を通して、小野里の血液がすべてドロシーに吸い取られるような錯覚を生じさせたのだ。体中から血がなくなって萎《しな》びて皺だらけになり、その場に崩れ落ちる自分の姿が見えたような気がした。それから、気を取り直して握る手に力を入れ、小野里自身も大きな笑いを作った。

「オーッ！」

小野里が握る手に力を入れた瞬間に、ドロシーが大げさに驚いてみせた。

東に行く海外出張は、いつも時差で悩まされる。日本からアメリカへ行くときには、いつもハンディを背負って行くことになる。そのかわり、帰りの飛行機は気が楽だ。成田に着いたときには夕方になっていて、そのまま自宅に帰って家族と夕食のテーブルを囲むことだってできる。

ドロシーと会った翌朝、小野里は飛行機の中にいた。1Aという席で、一人ずつのボックスになった座席からは他の人間の存在をうかがわせるようなものは視野に入らない。

前の晩はあまり寝ていない。一晩中、同じことを朦朧《もうろう》とした頭の中で追いかけ、取り逃がし、また追いかけるということの連続だった。その続きを、飛行機の中で、羽毛布団の下で体をのびのびと伸ばして、ヘッドフォンからのパヴァロッティを聴きながら、やってみる。

「所有している株は、いつでも、誰にでも、売る」

そうドロシーは言った。そのとおりだ。自分がドロシーでも同じことを考える、と思う。しかし、面と向かって言われることと、多分そんなことを考えているだろうと想像することとは、まったく別だ。もし自分がマウンテン・ファンドの担当者なら、と考えてみた。

（出資先の社長が約束を守らないなら、つまり本店を閉鎖し売却してキャッシュ・フローを出すことができず、さらに人員の整理をして経費を大幅に減少させることができないのなら）

そこまで来て、結局、答えは一つしかないと思う。

（売る。早く。株価が、リストラ計画が予定どおり進行しないということに反応して下落する前に、売る。

しかも、本店の閉鎖が行われないと決まると、それ自体がインサイダー情報の可能性だってある。マウンテン・ファンドとしてみれば、それに引っかかりたくない。とすれば、一刻も早いほうがいい。

かといって、あれだけの株を市場で少しずつ売ることはできない。

とすれば、買う人間は一人しかいない。成海紘次郎だ。成海紘次郎なら、マウンテン・ファンドの株を買えば過半数に戻ることができる。いや、過半数どころか、三分の二を超える。三分の二を超えれば、いつでも取締役を解任できる。成海がエンジェル・デパート株の三分の二を獲得すれば、謀叛を起こした張本人の小野里某は、すぐに血祭りにあげられる。まさか、頭蓋骨に漆を塗って髑髏《どくろ》の杯にしたりはすまいが……）

そこまでゆらゆらと考えが漂ってきたところで、突然、

「座して死を待つことはできない」

という思いが胃の幽門あたりから心臓にかけて突き上げた。

(真鍋たちがマウンテン・ファンドと組むことはあり得ない。いや、ないとは限らないが、まずない。しかし、もし真鍋が真剣にエンジェル・デパートを守ろうとするなら、人のクビを刎《は》ねてでも利益をあげようとする冷酷なアメリカ資本と、その番犬になりさがった俺からエンジェル・デパートの従業員たちを守ろうとするなら……。

まさか。

でも、そのまさか、しかない。

真鍋が成海紘次郎のところへ、助勢を請う。

真鍋と岸辺は、もう長いあいだの知り合いだ。

成海紘次郎は?

自分の子飼いの取締役五人と合わせて、合計九人。取縛役会の過半数になる。

取締役会を握れば、成海は何もマウンテン・ファンドから株を買う必要もない。成海の意のままになる取締役会を使って、俺がマウンテン・ファンドに第三者割当をしたこととまったく同じことを、今度は自分にさせればいい。新株を成海に割り当てさせれば、過半数になる。それに、第三者割当増資なら、他人の株をカネを払って買い取るのとはちがって、ギャラクシー・グループから出すカネはエンジェル・デパートの内部に留まる。エンジェル・デパートは改めてギャラクシー・グループに戻るのだから、一文もギャラクシー・グループの外へ出ていかないですむことになる。

何を言っているんだ。そもそも成海が会社を第三者に売ろうとしたことから混乱が始まったんだ。真鍋は、そのときのことをようくわかっている。何せ、この俺をけしかけたのは、あいつなんだ。

しかし、成海は「いや、もうエンジェル・デパートを売却するつもりはない」と真鍋に言うかもしれない。そして、成海の持ち株が過半数でなくなってしまったいまとなると、そいつは本当に聞こえる。第三者割当で成海が再び過半数になるには、真鍋のグループの手助けが要る。真鍋は馬鹿じゃないから、何らかの「約束」を成海から取り付ける……)

そこまで考えて、小野里はガバッと起き上がった。起き上がり方が乱暴だったので、通りがかったスチュワーデスが二、三歩小野里の席に近づいて、いぶかしげに様子をうかがう。

照れ隠しにオレンジ・ペコの紅茶をミルク・ティーで頼むと、小野里は席を起こし、脚置きを下げた。

(来月までに本店閉鎖と人員削減の計画が取締役会を通る見通しは、ない。つまり、現実の話、俺がマウンテン・ファンドに振り出した約束手形は、確実に不渡りになる。小野里英一は、約束を守ることのできない男になる。

　すると、マウンテン・ファンドも約束に拘束されない。つまり、株を売る。正確には、マウンテン・ファンドは、エンジェル・デパートの株を成海紘次郎に売る。そうでないとしても、真鍋と成海がくっつく。右も左も地獄だ）

　スチュワーデスが持ってきてくれたティーバッグの紅茶を啜る小野里の目の前に、高速道路が見えた。幅の広い、きれいに舗装された路面がはるかかなたまでまっすぐ続いている。道路から外れた手前のところに、小野里が一人だけ、下を向いてポツンと立っていた。

（俺は、こんなに無責任な人間だったのか。いつからそうなったのか。なんでそんなことになってしまったのか。どうして、そんな見下げ果てた男になってしまったのか。誰が悪いのか）

　そうした思いが胸を突いた。思いがけなく、強い感情の波が小野里を揺さぶる。突然、涙があふれた。自己憐憫《れんびん》の思いが小野里を包む。昔読んだ小説の一節が、ふっと蘇った。

「他の人間と性的な交渉をもって、そのあとで自己憐憫におちいる人間ほど傲慢なつまらない人間はないわ」

　主人公の昔のガール・フレンドが、久しぶりに主人公と性的な交わりを持った。その直後のやりとりの中で、そのガール・フレンドが言った台詞だった。

（俺は、自分に憐憫の感情を抱いているだろうか。自分で自分のことを哀れんでいるだろうか）

機内が暗いので、誰にも涙を見とがめられないのを幸い、小野里は涙があふれ出るままにしておいた。

（たしかに、この俺は、五十六歳にもなるこの俺は、自分で自分を可哀そうに思っている。自分で自分を抱きしめてやりたい、とすら）

小野里は、自分のこうした興奮した状態が自分で許せない気がした。しかし他方で、「どうせ誰も見ていないのだ。たまには人知れず涙を流して、泣きたいだけ泣いたらいいじゃないか」と囁きかける声も聞こえる。

（誰もいない。一人きりなのだ。それも、ほんの少しのあいだだけだ。飛行機が成田に着くまでの束の間のこと。

地上一万フィート。体は空中に、椅子に腰かけた形で浮いている。次の瞬間、機体がバラバラになれば、零下何十度という世界に放り出されるのだ。そして、誰も見ていないところで、凍りついて、死ぬことになる。

いいではないか、少しのあいだくらい。涙でも、自己憐憫でも）

そう考えていると、感情の波がますます高まってくる。誰も周囲にいなければ、声をあげて泣きたい。嗚咽《おえつ》をこらえないで、思い切り声を出してみたい、という気持ちになってきた。「まさか」と思いながら、小説の筋を思い返す努力をしてみた。小説の中では、たしかその後に、自己憐憫ではなくて「嫌悪感なら、まだましだけど」と主人公のガール・フレンドの台詞が続く。

小野里はしばらく、大学の教養課程のころに読んだ、後にノーベル賞を受けることになる作家の小説のストーリーを思い出すことに熱中してみることにして、右のアームレストの下にあるスチュワーデス呼び出しのボタンを押した。ジョニー・ウォーカーのスウィングを持ってきてもらうつもりだった。その小説を読んだのと同じころ、熱中して聞いていたある男性俳優のレコードのジャケットに写っていたのだ。もう四十年近く前のことだ。

いつものように、生ぬるいミネラル・ウォーターで割ったウィスキーを飲み干して、耳栓とアイマスクをした上にヘッドフォンをして横になり、羽毛布団を両肩まで引き上げてから目をつぶると、成層圏を横になったまま一人滑るように飛んでいく自分の姿が遠くに見えるような気がした。背広を着てネクタイを締めているようでもあり、短い半ズボンをはいているようにも見える。そのうちに寝息をたてていた。通りかかったスチュワーデスがずれた布団をかけなおしてくれたのも、小野里は知らずにいた。

7

「先生。『上場株は、いつでも、誰にでも売ることができる』と言われましたよ、マウンテン・ファンドのドロシー・ファーレルに」

小野里は、成田から大木の事務所に直行していた。だが、大木の事務所の巨大な会議室には、もう真鍋はいない。小野里一人だけだった。小野里は、目の前に並んだ大木と辻田に思いのたけをぶつけた。

「座して死を待つわけにはいかない。私は決めました。成海紘次郎と話をつける、それしかない。岸辺さんに話してみようと思う。岸辺さんは、このあいだの裁判のことで私を恨んでるでしょうが、とにかく話してみますよ」

大木は黙って聞いている。辻田が横から心配そうに、

「でも、岸辺さんに話されても、かえって逆効果かもしれませんよ。このあいだの取締役会のことがあってから、岸辺さんは真鍋さんたちといちだんと親しくなっているはずですし……。何か他に方法があるのではないかしら」

と言うと、大木に向かって、

「ねえ、先生、そうじゃありませんか」

と賛成を求めた。

「そうだねえ」

大木が気のない声を出す。それから小野里に向き直ると、

「岸辺さんを通すことはないでしょう。成海紘次郎氏がギャラクシー・グループのオーナーで一方の旗頭なら、小野里さんも、もう昔の小野里さんではない。一子会社の社長ではなくて、エンジェル・デパートという自立した東証一部上場企業のCEO、チーフ・エグゼクティブ・オフィサーだ」

と言うと、口をつぐんで窓の外へ視線を移した。それから、静かな声でこう言った。

「私は、小野里さんがマウンテン・ファンドを袖にして、成海氏と組むことのお手伝いをするにふさわしい立場にあるのかどうか、少し考えてみたい気もします。マウンテン・ファンドと小野里さんの協定書には、たしか相手方の同意なしには会社の経営に重大な影響をもたらす可能性のある話し合いを第三者としてはならない、とありましたからね。私たちは、あくまでもエンジェル・デパートという会社の弁護士ですから、今回の小野里さんと成海氏との交渉にしても、会社のためになるのなら関与してもいいのだろうと思ってはいますが、やはり気になります。

一日時間をいただいて、私でも辻田でもない、この事務所のパートナーでエンジェル・デパートの件に関係していない弁護士の意見を聞いてみましょう。法律家にとっては、利害に抵触のないことは、たんに倫理の問題以上に、プロフェッショナルとしての適切な判断をすることのできる前提ですからね」

小野里は、大木の言っていることの意味がほとんどわからなかった。小野里にしてみれば、この件は大木への相談から始まっている。そして、いつも重大な局面では、他の誰でもない、大木に相談してきていた。そんなことくらい、大木もわかってくれているはずだった。それなのに、なぜかいまになって煮え切らないことを言う。いつもの大木弁護士とは正反対だ。何か小野里の知らないことが、その背後にあるのではないか。

小野里は、漠然と嫌な予感をいだきつつ、大木の事務所を後にした。

翌々日の朝早く、小野里の自宅に大木から電話がかかってきた。

「朝早くからすみません」

大木はそう言うと、

「小野里さんの都合さえつけば、今日の午後一番で成海氏に会いませんか。彼はいま日本にいるそうで、小野里さんが希望するならすぐにでも会う用意があるそうです」

とこともなげに言った。

「え？　成海紘次郎本人と会うんですか、今日」

小野里の迷いに取りつく島も与えず、大木は小野里が午後のスケジュールを空けられることだけを確認すると、すぐに電話を切った。

小野里が会社に出てから間もなく、大木から電話があり、午後三時から成海がオスタリー・パーク・ホテルで待っている、と伝えられた。オスタリー・パーク・ホテルは、明治維新で華族になった九州のある旧大名が、自宅用にアダム様式のイギリスのカントリー・ハウスに似せて作らせた凝った建物で、内部だけが現代向きに改造されて超高級ホテルになっている。成海が持っている広尾のエンパイヤ・ホテルと同じように、ごく一部の人々だけを相手にしていた。成海がオスタリー・パーク・ホテルで小野里に会おうというのは、小野里には意外だった。広尾のエンパイヤをはじめ、たくさんのホテルを所有している成海が、わざわざ他人のホテルで小野里とのミーティングをしようというのだ。

ホテルのロビーに入ると、ウェッジウッドを思わせる古代ギリシア様式の装飾が目を引いた。天井には、周囲に四角形がたくさん並んでいて、真ん中に大きな円が描かれている。その円の内部と一つ一つの四角の内側に、細かい模様が浮き彫りになっていた。小野里がロビーに立って天井を眺めていると、ボーイが近づいてきて、小さな声で「小野里さまですね」

と声をかけた。軽くうなずくと、「成海さまが部屋でお待ちです」と言って、奥の隠れたところにあるエレベーターへ案内した。

「いやあ、どうも申し訳ありません。こんなところにお呼びだてしたりしまして」

ボーイが開けてくれた部屋のドアの向こう側に、成海紘次郎が立っていた。小野里が中に入ると、成海のほうから両手を膝の前に揃え丁寧に頭を下げて挨拶する。小野里は、あわてて少し後ろへ下がると、頭を深く下げて挨拶を返した。

応接室に入ると、まず天井からぶら下げられたシャンデリアに驚かされる。何重にも円が描かれ装飾が施された中心に取りつけられていて、そのちょうど真下から絨毯《じゅうたん》の模様が天井のいくつもの同心円を反射してでもいるように、静かな水面の上の波紋の形で輪になって広がっていた。

「どうぞ、こちらへ」

成海は、隣のライブラリーへ小野里を導き、暖炉の横に置かれた肘掛け付きのチッペンデールの椅子を小野里に勧めると、自分もその椅子の前に腰をかけた。

「今日は、お忙しいところをわざわざお出で願って、申し訳ありませんでした」

そう言って、成海はもう一度詫びた。

「いえ、いえ、こちらこそ、急なことで、お詫びの申し上げようもありません」

小野里には、目の前に座って柔和な微笑を絶やさないで喋っている男が、あの成海紘次郎とは信じられない思いだった。小野里の知っている成海紘次郎は、いつもイライラしているか、そうでなければ、小野里の存在など頭から無視していた。ところが今日は、小野里のために自分のスイート・ルームの入り口のすぐ内側にあるホールまで出てきて、立って出迎えたのだ。もし人目がなければ、一階ロビーまで降りて待っていたかもしれない様子だった。

成海が自分でハイ・ティーのルームサービスを頼んだので、この広いスイート・ルームに成海紘次郎と自分しかいないと小野里にわかる。

「大木先生からウチの姉大路弁護士にご連絡をいただきまして、何ですかエンジェル・デパートのことで急いでお話しされたいことがおありだとかで」

目の前で両手の指をゆったりと組み合わせると、成海は時候の挨拶でもするように本題を切り出した。そして、

「実は、小野里さん、私のほうからも小野里さんに申し上げたいことがありましたので、ちょうど、何と言いますか、好都合だったんですよ」

と付け加えた。

小野里は、落ち着かなかった。第一、こんなに豪華で由緒のありそうなホテルの部屋には、これまで入ったことがなかった。しかも、いま成海と小野里が座っているのは、応接室では

なく、その隣にあるライブラリーなのだ。

（あの九州の殿様は、秩禄処分にもかかわらず、ずいぶんとたくさんの財産を維持していたみたいだな）

そう心の中でため息をついた瞬間に、小野里は内心で開き直ることができた。この桁ちがいの豪奢さも、しょせん自分の才覚で作り上げた富ではないのだ。

（少なくとも、俺の家と庭は、小さくても大きくても、この俺が忙しくこまねずみのように働いてかち得たものだ）

小野里は声にならない呟きを漏らした。

しかし、次の瞬間、成海紘次郎の姿が目に入ると、小野里と同じことを成海が何千倍、何万倍というスケールでやり遂げていることを思い知らされる。

（だが、俺は社長《トップ》だ。そして、エンジェル・デパートは自立した会社だ）

声を出さずにそう言って自分を励ますと、成海に話しかけた。

「京橋の本店の閉鎖のことや人員整理のこと、お聞きおよびだと存じますが、先日の取締役会で否決されました。それで、今後についてなんですが」

エンジェル・デパートについて話していると、どうしても自分が成海に部下として報告しているような錯覚に陥ってしまいそうになる。

「本店の閉鎖と売却については、大体誰にも異議はないんですよ。問題は、その後なんです。人です。人減らしをどうするか、なんです」

成海は一言も喋らない。小野里の目を柔らかく見つめながら、黙って、ときどき小さくうなずきながら聞いている。

「私は、今回の本店の閉鎖は、よいチャンスだと思います。それどころか、この機会を逃したら、もうエンジェルは未来永劫《えいごう》、人減らしなんかできないことになる。しかし、ここでリストラをして、会社としては、株主に報いるべきなんです。いや、経営陣としては、経営を預かった身としてはその責務がある、とすら言えます」

「ほう、株主ね」

小野里の口から株主という言葉が出てくると、成海はそっと囁くように、株主という言葉を反芻してみせた。

「ええ、株主です。具体的には、株価を上げなくてはいけません。それが経営者の最大の義務です」

そう小野里が言うと、

「明快なんですな、小野里さんは」

と成海が反応する。小野里は話し続けた。

「株価を上げるためには、いろいろなことをしなくてはなりません。その重要な柱の一つが、人件費の削減です。赤字店舗を閉鎖したり、その跡地を売却してキャピタル・ゲインを取るだけではだめです。いや、むしろ逆効果と言ってもいい。なまじ余分なお金が会社に滞留すると人間ろくなことを考えない。

閉店を人員の削減につなげることで、二重の効果が期待できます。現実の人件費の削減、それに従業員に自分のクビも危ないというショックを与えることで、全員が尻に火がついたように熱心に仕事に取り組むようになる」

と続けた。

小野里は、成海が自分の考えに反対だと言ってくれるときを待っていた。

前回の取締役会での成海派取締役の反対票から、成海の考えははっきりしている。人員の削減には興味がない。株価も二の次。何より、小野里の退陣だった。成海が、小野里の考えに反対だと言った瞬間に、小野里は成海にその持ち株の処分を提案するつもりだった。成海が処分に応じるとは考えていない。応じないと言えば、エンジェル・デパートを上場廃止にしてしまう考えのあることを言うつもりだった。

上場が廃止されれば、成海の持っているエンジェル・デパートの株は事実上処分が不可能になる。誰も、上場されていない会社の株、支配につながりっこない少数株を買ったりはしない。何百億円という証券市場での交換価値を持っていた株が、一瞬にしてただの紙切れになる。どんな人間だろうと、それを黙って受け入れることなどできはしない。

小野里は、上場廃止というアイデアをマウンテン・ファンドから得ていた。

「支配権を持ってさえいれば、上場会社を上場廃止にしてしまうというのも面白い戦略ですよ。上場廃止となれば、私たち以外の株主はパニックでしょう。でも、私たちには逆にチャンスです。そうでしょう、パニックに陥った株主の株は、いま市場で買う値段よりもずっと低い値段で購入できます。私たち以外の株主の株を買い叩いて、その結果、多分私たちは一〇〇パーセントの株主になれる。そしてしばらく非上場の会社として経営していきます。もちろん、いずれいちばんいい時期をねらって再上場します。そうすれば、そのときの利益は莫大なものになるでしょう」

マウンテン・ファンドのジェレミー・ハワードが、まるで昼食のメニューを決めるような軽い調子で話してくれたことだった。

成海は、相変わらず黙っていた。

「ですから、岸辺さんらに、私へ協力するように成海さんから言っていただきたいのです。会社がよくなるのですから、株主である成海さんの利益でもあります」

小野里がこうまとめると、成海は、

「反対の急先鋒《きゅうせんぽう》は、真鍋さんだそうじゃないですか」

と言った。小野里にとって、意外なコメントだった。

「真鍋さんたちは、本店の閉鎖だけでも従業員へのショックとしては大きいのに、それをまるで会社が奇貨とでもするように人員の削減をやっては、従業員のモラールが崩壊してしまう、それを恐れているという話ですね」

誰かが成海に細かい情報を上げていた。

「ウェットなセンチメンタリズムでは経営はできません」

小野里がそう言うと、

「そのとおりだ。しかし、水がなくては人間は生きてはいけないものです。砂漠の民はともかく日本人はね」

成海が謎のような言葉を吐く。小野里が、

「真鍋らには、辞めてもらうつもりです。岸辺さんらに、そのことにも賛成してほしいのです」

と言うと、

「小野里さん、失礼ですが、あなたは状況を誤解されてませんか。いや、あなたというより、あなたの背後にいるマウンテンなんとかっていうアメリカの資本ですかかな」

と、成海が丁寧な口調で言った。

「小野里さん、あなたはまだ社長という肩書は付いてはいても、もう取締役会の支持を失っているのですから、実権はないのです、残念ながら。社長というのは、そうしたものです。オーナーではないのですからね」

(オーナーではない?)

小野里には、成海の言ったことが不思議だった。オーナーなど、マウンテン・ファンドへの第三者割当増資を通じて株を散らしてしまったエンジェル・デパートには存在しないのだ。

「失礼な申し上げ方をして、お許しください。けっして小野里さんのことを悪く思って申しているのではないのです。

少し長くなりますが、どうして私が小野里さんにギャラクシー・デパートから退任していただこうとしたのか、というところを申し上げてもいいでしょうか」

成海は、あくまでもものの柔らかな言いようだ。小野里が大きくうなずいてその先を促すと、ギャラクシー・グループの秘密にわたることにも触れながら、成海は大文字屋の買収を思い立ってからの経緯を、成海の側から見た光景として語った。

「私は、私なりに流通業界の再編を夢見ていました。だから大文字屋を買収しました。しかし、いまでは日本の百貨店に未来はない、と結論を出しています。だから、ちがう見方の方がいれば、その方に喜んで私の会社をお譲りするつもりだったんです」

と成海は言った。成海は、ギャラクシー・デパートをグループから切り離すつもりで、ある外国の流通資本と売却の交渉を進めていたのだ。そして、その外国の流通資本とその話がまとまりそうなところまで進んだので、小野里を香港に呼んだ。成海は、取引条件の一つとして小野里一人をギャラクシー・デパートから外して、小野里とその部下たちとを切り離すことを要求されていた。その流通資本は、小野里がもともとノン・コンペティション条項にサインしているので、ギャラクシー・デパートを離れると競合会社に入ることができないことも、事前のデュー・ディリジェンスの過程でギャラクシー・グループから聞いて知っていたのだ。

成海にとっては、どちらでもいいことだったから、すぐに承諾した。小野里の後の暫定政権についても、外資側の要請に従って成海のほうでアレンジすることになった。成海は、ギャラクシー・デパートの売却とその売却で得られるキャピタル・ゲインの節税、使いみちについてばかり考えていたから、小野里のことは、たんにもう不要になってしまった機械の部品、という以上のものではなかった。

「だから、あなたが第三者割当を発表したときには、びっくりしましたよ。困りましたね。ずいぶん姉大路弁護士のことを叱りつけました。彼には気の毒なことをしました。

でも、誤解しないでください。あなたの始めたあのことは、要するに『いいこと』だったんですよ。とても楽しかったから。だって、それぞれが能力一杯まで力の限りを尽くして必死で競うというのは、なんとも人間の心を興奮させる、心躍ることじゃないですか。『抵抗される人間だけが感じる、あの一種驚愕の入り混った快感』っていう言葉がありましたけど、そんなところかな。人生にそんな素敵な、面白いことは、そうたびたびは起きませんよ」

そう言って成海はいたずらっぽい微笑を浮かべて小野里の顔を覗き込んだ。しかし、目の奥は真剣だった。

「いま申しましたように、私にはあなた個人への恨みなどは何もありません。それに、あなたはなかなか素晴らしい方法と決断で、私の会社を奪い取ってくれた」

「奪ってなどいません！　第一、もともとあなたの所有物なんかじゃない」

小野里は反射的に言い返した。意図したわけではなかったが、咎める調子が強く混じった。

「あ、そうですね。そのとおり。これはどうも失礼しました。裁判所があなたのほうが正しいと認めたんだ。ま、敗者の愚痴としてお許しください。いまや、あなたが社長で、私はたくさんの株主の一人、それも少数株主の一人にすぎないことになったんでした」

成海は、小野里が遮ったことを気にも留めていない様子で、淡々と話し続けている。自分の考えていることを口に出して小野里に説明することで、小野里に状況を正確に理解してほしいという気持ちがそのまま言葉になっているといった、穏やかな調子だった。

「私はあなたのとった行動のおかげで、手持ちの株二千万株が凍結状態になってしまいました。だってそうでしょう、誰も少数株をまとめて買ってはくれません。過半数だから価値があったんです。

もっとも、株価を上げることに小野里社長が奔走してくださっているという意味では、ありがたいことでもあるんです。あなたの言われるとおり、株価が上がるように経営するというのは、根本的に正しい。でも、人員の整理については、岸辺らには岸辺らの考えがあって反対しているのでしょうから、私がどうこう言うのはできるだけ差し控えたいと思っています。

さきほども申しましたでしょう、私は日本の百貨店業に見切りをつけているんです。本当は、できるものなら、私の株はできるだけ早く手放したい。いまの調子なら、そこそこの値段で手放すことができるかもしれません」

小野里は、成海の言っていることが意外でならなかった。成海は小野里の考えに反対するものと思っていた。しかし成海は、小野里の考えが根本的には正しいと言う。そして、成海が小野里の考えに反対したら、拒絶されるのは承知の上で、すかさず株を譲渡するように頼むつもりだったにもかかわらず、成海は株を譲渡したいと自分の方から言い出している。

突然、小野里は気付いた。成海が株を売りたいと言っても、エンジェル・デパートのそれだけの株を引き受けてくれるところは、どこにもないのだ。マウンテン・ファンドにこれ以上エンジェル・デパートの株を抱え込めと言っても、無理なことはよくわかっていた。取引先の金融機関にしても同じだったし、他に成海の持っているほどの大量の株のはめ込み先になるところは、考えつかない。成海は口では「株を売りたい」と言ってはいても、実際にはそんなことができないことを承知のうえで先程から話していたのだ。成海の言っていることは、成海の考えていることのすべてではなかった。しかし、小野里には、成海紘次郎が腹の奥底に何を秘めているのか、さっぱりわからない。

小野里は率直になることに決めた。

「成海さん、さきほどあなたは、私にはもう社長の実権はないのだ、とおっしゃいました。オーナーではないのだ、ともおっしゃいました。

そのとおりです。私はオーナーなんかではない。しかし私は、上場会社にはオーナーはいないものだと思っています。いや、正確には、オーナーは株主のみなさんですが、それは、いわゆる所有者とはちがうものです。株主というのは、経営の巧拙で手持ちの債権の価値が大きく上下するという種類の債権者といったほうがわかりやすいような気がします。だからこそ、株主に対する経営者の責任は大きい。そう思っています。この債権者は、所有者であるかのようにふるまう場面もある。しかし、結局のところ、いつでも逃げることができるんです。

だから、私には、会社というものが株主だけのもので、株主なら会社を煮て食っても焼いて食ってもいいとは思えない。三分の二の株主だからといって、会社を解散して残った財産を株主のあいだで配ってしまっていいはずがない。それでは、従業員は浮かばれない。だから経営者がいる。従業員はみんな、会社が永遠に続くと思って入ってきているし、そうした気持ちで毎日働いているのです。

そうした人々にとっては、会社での日々はそれぞれの人生の一部だ。子供を育てるのが、取り換えのきかない、一度限りで不可逆的な人生の大切な中身であるのと同じように、会社での日々は、従業員の一人ひとりにとって大切なことなのです。

そして、私には、エンジェル・デパート二千人の人生が、途中で折れ曲がったりしないように、見守り、防御し、助ける義務がある。それが社長の責任の一部です。株主のみなさんに対して責任を負っているのと同じように、従業員の人生を大事にしてあげなくてはいけない。

株主にとっては、しょせんカネの問題です。しかし従業員にとっては、一度限りの人生の、一度限りの時間、過ぎてしまったらけっして戻らない人生の一瞬なのです。何ものとも交換することなどできないものです。かれらの人生を否定するようなことが起きることは、私が許さない」

最後は、思わず自分でも気分が高揚して喋っていた。「そうなのだ、こういうことを自分は思い続けてきたのだ」という声が心の中に鳴り響いていた。

「だから人員整理をすることになるのですか。私には、よくわからないな」

ここまで小野里の話を黙って聞いていた成海が、ぼそりと言った。皮肉な調子はなかった。小野里がそうであったように、成海もまた、酒という酒がことごとく出された宴の席に座っているかのように、心を開いて話していた。

「そうです。いまのままでは、会社は早晩行き詰まる。だとすれば、みんなが一緒に死んでしまうより、少しでも元気のある人は会社を出て、残る人のために会社を救わなくてはいけない」

小野里が同じ興奮した調子で話を続けると、

「そういうものですか。つまり、気のきいた連中は早めに船を見捨ててしまう。そして、沈没船にはだめな船員だけが残る。そういうものなんでしょうね。むしろ、そうすることで、だめな人間を船もろとも沈めてしまうという考えが小野里さんにはおありなんでしょうか」

成海が、相変わらず静かな物言いで言った。

「とんでもありません。行く者も、残る者も、それは万感の思いがある」

「ほう、センチメンタリズムでは経営はできないのではありませんでしたっけ」

成海が微笑した。小野里は苦笑する他なかった。

「人員整理が株価を上げるということなら、私としては賛成しなくてはならないのかもしれない。しかし、私の株を誰かが引き取ってくれるとも思えない。それなら私は、『真鍋さんを担いで、新しい経営陣のもと、ギャラクシー・グループの会社に戻したい』という岸辺の話に、一度は乗ってみようかと思います」

小野里への死刑宣告だった。

不思議に、驚きも恐怖もなく、穏やかな気持ちがした。いや、それ以上に、一種の安堵感と言ってもよかった。(これでいいのだ、これが本来のあるべき姿だったんだ。自分は、もともと、ただのサラリーマン社長以上のふるまいをするような器量はなかったんだ。それだけの男だったんだ)という思いが胸中にひたひたと広がった。何かが傷口にしみてくるような痛みはなく、生温かいアルコールのような心地良さだった。

「そうですか。しかし、成海さん、真鍋は、あなたと一緒には仕事をしませんよ。私は彼と何十年も同じ職場で仕事をしてきましたから、彼の気持ちはよくわかっています。そもそも成海さんに私が反旗を翻すきっかけも、彼が作ったようなものなんです」

小野里の心とは別に、言葉が口をついて出てきた。

「ええ、わかっていますよ。岸辺ではわからないことです。ですから、小野里さん、私はあなたとお会いして、二人でお話がしたかったんです」

成海は、ティーカップをソーサーごと左手に持って支えたまま、目の前のスコウンを右手でつまむと、少しいたずらっぽい視線で小野里を見あげて言った。

「小野里さん、面白いですねえ。私には、こうしたことが何よりも楽しい。どうしてなんでしょう。自分でもわからない。私の持ち株を木の葉に変えるような真似をした人と、お互いにとって得になる話が冷静にできる。そのとき、私はその相手に、人生の数少ない喜びを共有してくださる貴重な、昔からの友人のような感情を持つのです。小野里さん、あなたのことですよ」

小野里は、こう言われ、赤面するような思いだった。

(こんなことを、ぬけぬけと。この男は本気なのか、それとも、とんでもなく老獪《ろうかい》で狡猾なのか)

「小野里さん、あなたはもう社長じゃなくて社長の影法師だ。でも私には、あなたを元の中身の詰まった社長に戻してあげることができます。

私がもしそうして差し上げたら、小野里さん、あなたは、この私に一体何をしてくださますか。

私の言うことを拒絶しても、あなたには生きていく術はない。人員整理は、岸辺らが反対している限りできない。それどころか、まちがいなく次の取締役会であなたは社長でなくなるでしょう。かわりの社長は、あなた以外なら誰でもいい。真鍋さんでなくても構わないでしょう。若い人がいっぱい育っている。あなたのおかげでね。

もうマウンテン・ファンドはこれ以上資金をつぎ込むことはしないから、あなたにできることは、真鍋さんをもう一度口説いて、次の白馬の騎士《ホワイト・ナイト》になってくれる友好的な投資家を探すことくらいでしょうね。でも、真鍋さんは、もうあなたを信じない。あの人はそういうふうにしか生きられない人だ。何十年も一緒に働いたあなたにはわかるはずです。私は真鍋さんとはちがう。あなたも真鍋さんとは大変に異なっている。つまり、あなたは、知ってか知らずか、私のような人間の生きている世界に移り住むことを選んでしまったのです。

実は、あなたが第三者割当増資を発表したとき、私は秘かにあなたに『新世界《ネオ・コスモス》へようこそ』というエールを送ったんですよ。こうした世界がこの地球の上に存在していることは、この世界の住民にしかわからない。ときには私だって寂しくなります。ですから、あなたがこちらへ帰化してくれたのは嬉しい。

さて、どうでしょう。私はあなたをエンジェル・デパートの社長にしておきますから、あなたは私にエンジェル・デパートを返してくれますか。そうしたら、マウンテン・ファンドとあなたとの約束も、私が引き受けましょう。それから、あなた自身について言うなら、このネオ・コスモスのメンバーにふさわしい財産をお約束しますよ。あなたは選ばれた人になったんだから。

あなたが承知してくれれば、後は、あの大木先生とウチの姉大路先生とがうまく片づけてくれます。かれらの仕事はそういうことを効率的に処理することなんですから」

平成十二年十二月十三日、エンジェル・デパートは再び第三者への割当増資を発表した。既存の六千八百万株に加えて、新たに二千八百万株を発行して、すべてをギャラクシー・グループに割り当てるのだ。エンジェル・デパートには新たに四百億円のカネが入ってくる。目的は、流通業界の再編成を、M&Aを積極的に展開することで推進するためであるとされ、場合によっては敵対的な公開買い付けも手段の一つであると考えているということまでが付け加えられた。

ギャラクシー・グループの持ち株比率は、従前の二千万株に新たに二千八百万株が加わったので、全体の発行済み株数が六千八百万株から九千六百万株に増加したものの、過半数になった。エンジェル・デパートは再びギャラクシー・グループに戻ったのだ。そう世間は思った。

しかし、今度は実態がちがうことを、成海も小野里も理解している。

エンジェル・デパートの経営に関しては、マウンテン・ファンドと小野里のあいだに取締役委任契約があった。その契約によれば、小野里はマウンテン・ファンドの事前の了解なしには、一定の重要な行為を会社にさせてはならないことになっていた。第三者割当増資は、もちろんその一つだった。

「しかし、やると取締役会で決めたら、マウンテン・ファンドは止めることはできないでしょう。かれらにできることは、取締役委任契約を解除すること、そして自分の持ち株を市場で売り払う。ただし、二千八百万株もの株を市場で売ることができればですがね。

損害賠償？　そうはならない。なぜなら、われわれは損を出さない金額で一株残らず売却してしまうチャンスをマウンテン・ファンドに与えるからです」

マウンテン・ファンドとの契約がギャラクシー・グループへの割り当てにとって障害になるのではないか、と小野里が尋ねたときに、大木弁護士が言った台詞がこれだった。契約にも裁判所で強制可能な契約と、そうでない契約とがあるというのだ。小野里は単純に大木を信じることにした。

マウンテン・ファンドと小野里のあいだの契約のかわりに、今度はギャラクシー・グループと小野里とのあいだに経営協定が結ばれた。小野里が社長を続けること、ギャラクシー・グループは小野里の事前の了解なしには、手持ちのエンジェル・デパートの株を第三者に売ることができないことなどは、小野里とマウンテン・ファンドとの契約と似ていたが、ギャラクシー・グループが過半数でなくなるときには、小野里がエンジェル・デパートから十億円の退職慰労金をもらうことができるようにする義務をギャラクシー・グループが負うことになった。それに、ギャラクシー・グループは、株を譲渡する際には、マウンテン・ファンドに当初の取得価格よりも高い値段で一緒に売却できるチャンスを与える義務を負っていた。

いずれにしても、新しい買収者《アクワイアラー》が公開買付をやればそうなるのだ。

それでもギャラクシー・グループは、過半数になったおかげで、いつでもエンジェル・デパートの株を売却することができるようになっていた。マウンテン・ファンドにも株を一緒に売却するチャンスを与えなくてはならない、といっても、実際にはかえって好都合なのだ。ギャラクシー・グループの持っているエンジェル・デパートの株では過半数にしかならないが、マウンテン・ファンドの持っている二千八百万株を加えると八割になる。株式会社の絶対的な支配株の割合である三分の二を優に超えるのだ。多くの買収者の食欲は、かえって刺激される。少数株に転落してしまったマウンテン・ファンドには、現実問題として選択の余地はなかったし、ファンドとしては成功したことになる。途中経過と役者の動きや台詞が台本からずれはしたものの、投下した資本に一定の利回りが乗れば、それで百点満点なのだ。

とはいっても、事前の了解どころか一切の通告抜きで第三者割当増資の発表をされて、マウンテン・ファンドは怒り狂っていた。そのマウンテン・ファンドへの連絡役も、大木弁護士が務めた。同じこの件で一緒に働いたニューヨークの弁護士にeメールを送ってから、電話で話をした。それで大筋の仕事は終わりだった。


しかし、中には不幸になる人間もいた。

真鍋はまだよかった。第三者割当を決める取締役会の前に辞表を提出した真鍋は、それでも二度目の第三者割当増資の結果ギャラクシー・グループが過半数を占めることになってほっとしたのだ。ギャラクシー・グループなら、日本のビジネスの限界を知っているから、けっして一年以内に従業員を三分の一も減らすなどということはしない。そのことが、紆余曲《うよきょく》折《せつ》はあったが達成できた以上、真鍋にはもう思い残すことは何もなかった。

哀れをきわめたのは、矢島たち三人の平取締役だった。小野里はかれらをけっして許さなかった。いや、許すという選択肢は小野里にはなかった。小野里がかれらを許そうとしても、それでは、従業員のドラスティックな削減の案のときにも、そしてあろうことか再びギャラクシー・グループの会社に戻るときにも、一言も文句を言わないで小野里についてきた忠実な使用人兼務の取締役たち、真鍋と矢島たち三人の平取締役以外の常勤取締役たちが納得するはずがなかったのだ。

矢島らを冷徹に非常勤の取締役にしてしまうことは、小野里にとって必要な生《い》け贄《にえ》の儀式だった。その儀式は、第三者割当増資が決定された取締役会で、同時に、瞬時に執り行われた。取締役会の決議の直後、矢島ら三人は、取締役を辞めなければ、これまでの使用人兼務取締役のうち使用人、つまり従業員の身分がなくなることを告げられた。解雇されるということだった。

「取締役を辞任するか、それとも裁判所で解雇を争うか、だね。取締役を辞めれば、いままでどおり雇い続ける」

その日のうちにギャラクシー・デパートの取締役の人数が三人減った。

一方、小野里をけっして許さない人物もいた。日経協副会長、コスモス貿易特別顧問、財界の政治担当と言われている長島康夫だった。

長島は、何より小野里の変わり身の早さ、節操のなさに我慢がならない思いを抱いていた。

「君という男は、一体どうしたというんだ。成海にああいう目にあわされていながら、今度は自分の刎頸《ふんけい》の友を裏切って、子飼いの取締役たちを人身御供にして、それで自分だけ助かろうっていうのか。成海を裏切ったのはいい、成海はやっつけられて当然の男だ。しかし、昔からの株主、君を支えてくれた取締役や従業員たちは、会社そのものだ。その区別がわからん君でもあるまいに。

どうしたんだ。君はそんな人間じゃなかったはずだ。いや、ちがうよ、そんなこと。君のやっていることは、まちがっているよ。君は人間として許されないことをしていることがわからないのか。君を支持してきた金融機関は、腹の中で君のことをエイリアンだと呼んで軽《けい》蔑《べっ》しているぞ」

エンジェル・デパートがギャラクシー・グループに戻るための第三者割当増資を発表すると、すぐに長島からの連絡が小野里に入った。指示されたとおり、すべての約束をキャンセルして長島のオフィスに駆けつけると、長島が机の向こうで仁王立ちになって出迎えた。

不覚にも涙が出た。その涙を、長島は小野里の悔悟の涙だととって、さらに執拗に小野里をなだめ、すかし、そして責め立てた。しかし、小野里の心の中では、長島の言葉が激しくなればなるほど、ありがたさに熱く胸が打たれはするものの、その胸の中のどこかに、みしみしと音を立てながら凍りついていくものがあった。

（あなたにはわからないのだ。あなたは、ある幸福な時期を過去生きて、そのときの環境を機敏に察知して最適な生存状態の動物になることに成功した。しかし、私がいまの時期にあなたと同じことを繰り返したところで、もう私は、いまの環境下で最適の状態にはなることができない。それどころか、放り出されて、干からびて死んでしまうだけだ。それを、あなたは、ある時期の気候や環境に適応してうまくいったからといって、自分が永劫不変の正義にのっとって生きたかのように言う。あなたと同じことをしない私を、正義に反していると言って、責める。

しかし、私は私の時代の新しい状況の中で、最適な生存を模索するしかないのだ。あなたがもし、いまの私の歳で、私の立場なら、きっと同じことをする。多分、あなたのことだから、私よりももっともっとうまくやりおおせるでしょうが。

正義を振り回すのはやめにしてください、尊敬する長島さん。あなたに言われるのは、私にはあまりに辛い、苦しい。私は、あなたが言うような、そんな大それた悪者ではない。私のしていることは、人間としての最低限の品格を問われなくてはならないようなことではない。

あなたには、もう物事が見えないのだ。わからないのだ）

小野里は、涙を拭わなかった。下を向いたまま、涙がズボンの折り目の真上に落ちて左右に染みが広がってゆくのを眺めていた。

「小野里君、最後のチャンスをやる。いまからでもいいから、取り消しなさい。それができないなら、もうわれわれの関係もこれまでということだ」

　遠くで長島がそう言っていた。小野里は、ゆっくりと立ち上がると、長島の部屋を出た。もう二度とこの部屋に来ることはない、ひょっとすると、もう二度と長島に会うこともないのかもしれないと思った。しかし、まっすぐ前を向いて、エレベーターのボタンを右手の親指で強く押し込んで、ドアの前に両足を踏ん張って突っ立っていた。涙がこみ上げてきそうになるたびに、固く瞼《まぶた》をつむった。

8

「先生、どうしたらいいんでしょうか。私はまちがったことをしているとは思わない。しかし、世間は私を批判する。中には『人間のやることじゃない』と言って非難する人もいます。でも、私はそんな大それたことをしているんでしょうか」

小野里は大木弁護士の事務所にいた。もう真鍋抜きで、一人で大木の事務所を訪ねることにも慣れていた。大木の横には、いつもとちがって、今日は若い男の弁護士が一人ついている。

「おやおや、驚きましたね。世間が非難することをやってもいいかどうか、そいつをこの私に相談したいとおっしゃる。私ならば横紙破りの弁護士だから、世間とちがって小野里さん、あなたの行動を非難しない、それどころか、きっと支持してくれる、励ましてくれる、とこう考えておみえになられたんですか」

大木は、少し大げさに驚いてみせながら、隣の若い弁護士の顔を一瞥《いちべつ》して、小野里に向き直り、大きな声で言った。いつもと変わらない快活な調子だった。

「そうでしょうね、そうでなければ相談にみえない。しかし、そうだとしたら、もうご自分の中で答えを出しているわけだ。そうすると、私に期待されている役回りは何なのかな。増幅器、アンプリファイヤーかな、それともスピーカー。自分の心の中の声は静かで細いから、私の口から大声で再生させようというわけだ。

でも、ビジネスマンがあんまり弁護士を頼りにするのも、どうでしょうか。少なくとも、自分が頼んでいる弁護士の他に頼りにするものが少ないということが原因だとしたら、あまりよい兆候じゃないですね。

小野里さん、正直な答えを率直に申し上げましょう」

そう言うと、一呼吸置いて、

「わかりません。当たり前ですけど、弁護士には、よくわかることとわからないこととがあるんです。世間の非難することをやってもいいか。そういう質問が法律上の質問なら、相当程度確実な回答を用意することができます。ここに座っている光丸弁護士が、夜も眠らないで一生懸命調べてくれます。しかし、法律上の質問を超えるとすると、弁護士としての能力を超える。ですから、率直に『わかりません』とお答えするしかない。そういうことです」

と言った。しかし小野里は食い下がる。

「いや、それはもう先生、よくわかっています。でも、私は先生が今回のことについて、どう考えるのかということを知りたい。世間の非難を正当と思うかどうか、ということです。

その答えは、先生において、イエスにしろ、ノーにしろ、あるはずだ」

「では、答えになるかどうかは別として、絵解きを試みてみましょうか」

大木が相変わらずの口ぶりで言う。小野里は大きくうなずく。

「はじめに、成海紘次郎が大文字屋を買収した。小野里さんは社長に出世して、会社に残った。成海には野心があり、小野里さんにもそれなりの将来の夢があった。そうでしょう。次に、成海が小野里さんをクビにしようとした。クビにして、そのうえ、小野里さんのビジネスマンとしての人生を抹殺しようとした。成海は、小野里さんの首にあらかじめかけてあった鉄の首輪をほんの少し締めた。なに、成海は自分の手なんか使わない。声も出さない。姉大路弁護士に向かって軽く目配せする、それだけで姉大路弁護士が直ちに出動した。ところが、小野里さんのほうはたまらない。危うく首の骨が折れるところだった。

それで小野里さんは、断固戦うことにして、毛色のちがう人間と手を組んで、勝利した。いや、本当の意味で勝利だったのかどうか、それが問題だ。

その次は、その毛色のちがう人間に言われるまま無理な人員整理をしようとして、思わぬ身内の反乱に遭遇した。放置しておくと、経営権を巡る争いになって、会社にとって混乱を招来しかねない。それで、会社のために安定株主を求めることにした。その安定株主というのが、小野里さんをクビにしようとした成海紘次郎だったということです。

しかし、安定株主として登場した成海は、いずれ会社を売る。会社が売られてしまえば、従業員の雇用の確保ということにも何か影響が出るのかもしれない。いまの段階では、どちらとも言えない。いまのところ、少なくとも経営者として、会社の所有者が成海紘次郎から誰かに代わることを阻止すべき理由はないように思われる。

さて、ここで一種のゴールデン・パラシュートだ。つまり、将来会社のオーナーが代わったら、小野里さん、あなたに十億円という大金が転がり込む。

しかし、それは経営者である個人と大株主との契約にすぎない。社長になってほしい、社長であり続けてほしいと頼まれた人間が、『それは承知してもいいけれど、いまはオーナーであるあなたも、いつそうでなくなるかわからない。あなたがオーナーでなくなれば、私は社長の座を追われるかもしれない。そのときには、ある額の退職金を払うという条件をあらかじめ飲んでくれるなら、社長になってもよい』と申し込んで、それをその大株主が承諾するというだけのことでしょう。あなたが成海を過半数の株主に戻してやるについて、今回、あなたはそうした契約を成海に承知させた、ということです。それを世間が非難するのかどうか。非難は、ときとして嫉妬の変形であることもある。

今回のことで問題なのは、あなたが会社を代表して、会社のために、成海に過半数を与えたこと。もちろん成海は、過半数の株主になるための対価を市場の価格で支払っている。だから、誰も損をしていない。会社にとっては、新たな資金調達ができたから、いいことでしょう。今回の増資は敵対的な公開買い付けまで視野に入っている。

もっとも、正確に言うと、その判断をしたのは取締役会で、あなたはその中の一人にすぎない。しかし、取締役会の中にあなたという特別の利益、つまりゴールデン・パラシュートを受ける人間がいた。個人として特別の利益を受ける人間は、普通は取締役会の決議に参加してはいけない。それはそうでしょう、そんな人は会社のことじゃなくて自分のことを優先して賛否を決めてしまいかねない。そう商法は規定しています。法律は性悪説の上にできているものですからね。

でも、商法を解釈する人たちは、あなたという特別の利害関係を持っている取締役が決議に参加した取締役会の決議であっても、仮にあなた抜きでも決議が成立するようなら、お構いなしだと言っています。エンジェル・デパート取締役会決議は、あなたが取締役会の場にいてもいなくても成立したことはたしかでしょう。ですから、法的に有効な決議だ。

その次の問題は、あなたの受け取る退職金は、成海が負担するのではなくて、会社が負担すること。といっても、結局その分、将来成海とマウンテン・ファンドが持ち株を譲渡するときの譲渡価格が下がるだけですから、実質的には成海が負担していると言ってもいい。現にナルミ・インターナショナルが保証人にもなっている。

法律論を繰り返しただけに聞こえるかもしれませんが、私はけっしてそんなつもりはありません。詳しく一つ一つときほぐして話すと、法律論が別のものとしても意味をもって聞こえてくることを期待してのことです」

そう言って、大木がまた一呼吸置く。隣の若い弁護士が大木のほうを見た。小野里のことはどこかへ行ってしまって、若い弁護士としての立場から興味津々《しんしん》といった様子だ。

「しかし、世間から見ると、要は、あなたが普通の上場会社のサラリーマン社長が手にすることのない大金を手にすることができる、それも、自分で内外の有力なビジネスマンを手玉にとって仕組んでのことだ、少なくともそう見える。簡単に言うと、社長が会社を売り渡した、と言ってもいい。そういうことが多くの人から見て気に入らないということになるでしょう。それは宝くじに当たった人間をやっかむよりも低級でしょうね。

けれども、世間の目に取るべきところがあるとすれば、やはり会社のカネをあなたがつかみ出していることでしょう。たしかに、そう見える。

成海の譲渡価格が低くなる、なんて言ってみたって、成海と購入者のあいだのカネのやり取りは会社には関係ない。関係するのは、あなたへの退職金だ。その退職金の支払いは会社の内部留保の流出だ。成海は会社の負担で、つまり全株主の負担で、あなたと契約したということです。

会社のカネは誰のものか。株主のもの、という考え方もあれば、従業員を含めたたくさんの関係者、ステークホルダーのものだ、という考え方もある。私は前者の考え方をしています。そして商法は取締役の退職金の額を株主の過半数で決めていいといっていますから、世間が誤っていると考えます」

大木が喋り終わると、小野里は大きなため息をついた。大木の説明は、それなりに納得のいくものだった。小野里は、

「わかりました。先生の話は筋が通っていると思います」

と言ったが、内心にざらざらとした抵抗感があった。

(なあに、どんな社長だって報酬をもらっている。その金額が少なければ、それだけ会社にカネが残る。しかしそれは、考えてみれば従業員だって同じことだ。すべて世間のしきたり、これまでの習慣の問題だろう)

そう考えてみたが、やはり抵抗感は残った。しかし、小野里はもう黙っていることにした。大木の説明を聞いているうちに、世間の非難は、あってもなくても、自分としてはどちらでもいいことのような気がしてきたのだ。少なくとも、自分で勝手に決めて会社からカネを取り出すのではない。株主総会で、成海紘次郎がギャラクシー・グループ所属のエンジェル・デパートの株主に命令して、株主総会で正式の議決をするのだ。それで十分なはずだった。

大木の事務所から帰ってきた夜、小野里は夢を見た。

夢の中で小野里は、何十メートルもありそうな、まっすぐ空に伸びた高い木に登っていた。落葉樹なのか、枝は左右に伸びていたが、葉は一つも残っていない。小野里は、どういうわけか簡単な浴衣のような寝巻きのような布切れを着て、腰に紐を一本まとっているだけだった。

木のてっぺん近くまできていて、もうずいぶん幹が細くなっていて、女性の二の腕ほどになっているのが、風が吹くたびに右に左にたわむ上、小野里の体の重みで揺れがいっそう大きくなってしまうので、危うく振り落とされそうだった。それどころか、木が折れてしまうかもしれない。そんな気がした。たしか、はじめはてっぺんまでよじ登るつもりで張り切って登りはじめた記憶があったが、もう上へ行くどころではなくて、落ちないようにしがみついているのが精一杯だった。

寒かった。ひどく寒かった。「そりゃあ、上に行けば寒くなるに決まっているさ。百メートルにつき〇・六五度だ」という妙に冷静な考えが、体全体が揺られているくせに、頭に浮かんでいた。

そのうち、腕と脚がだるくなってきて、「ああ多分もう落ちてしまうな」という気がしてきた。それが怖いというのでも残念というのでもなくて、試験で、問題の意味がよくわからなくて、答えは書いてみたものの正しいかどうかさっぱりわからない、けれどもとにかく制限時間がきて試験が終わる、といったときのような、一種の解放感があった。

やがて幹を握っていた手が離れて、それから脚が離れて、仰向けにのけぞるように頭から地面めがけて落下していくところで、目が覚めた。

「要するに、そういうことだったのか」

そう呟いて、掛け布団を引き上げて、また眠りについた。

今度は、船に乗っていた。エンジンの付いた小さな、二、三人も乗れば一杯になるプラスティック製のボートで、一人きりだった。しばらく乗っていて、もう港も陸の影も見えなくなったころになって、ふと気付くと舵が付いていなかった。いや、付いていたのだが、まるで馬鹿になっていて、ボートを思う方向に動かすことができないのだ。急に不安になった。それから燃料のことが気になった。調べてみると、タンクに一杯あった。安心してから、タンクがそれほど大きくないことに気付いた。

周りを見ると、釣り道具が置いてあったので、「ああこれで魚を釣って食料にしろということなんだな」と得心した。他には何一つ食料がなくて、そのうえ、料理の道具もなかった。

「こいつは困ったことだ。どうにもならんぞ」と口に出して言った。そこで目が覚めた。

「あーあ、一体どうしたっていうんだ」

そう声を励ますと、枕元の電気スタンドを点《つ》けた。まだ四時を回ったばかりだった。隣に妻が寝ている。スタンドの電気を小さい豆電球に変えると、ベッドを出て、トイレに行った。もう眠れないだろうという気がした。

「こいつは、何なんだ」

もう一度、そう声を出した。

エピローグ

結局三ヵ月後、ギャラクシー・グループは、待ち兼ねてでもいたように、手持ちのすべてのエンジェル・デパートの株を売却した。マウンテン・ファンドも一緒だった。公開買付での一株当たりの価格は千七百六十円だから、マウンテン・ファンドとしては比較的成功の部類に属する投資という結果に落ち着いた。

買ったのは、同じアメリカのハーゲン・アンド・ニミッツというニューヨークにある投資会社だった。ハーゲン・アンド・ニミッツは公開買付を決めたとき、「全株を手に入れて、エンジェル・デパートをいったん非公開にする計画である」と宣言した。

エンジェル・デパートへの小野里最後の出社の日の朝は、前夜来の霧雨が降り続いていた。いつものように、白いセルシオが迎えにくる。運転手の緑井耕一が傘を持って玄関で待っている。雨が降っても晴れても、小野里は傘をさしたことがなかった。緑井は、小野里の専用車の運転手になる前は、小野里の前の社長だった柴末の運転手だった。柴末が大文字屋の不文律に従って社長から相談役に退けば、緑井はそのまま相談役付きの運転手になるはずだった。その後柴末が相談役を辞めて、その後のポストで名誉相談役になるときがくれば、今度は名誉相談役付きの運転手になる。そうして、あたかも個人の家事使用人であるかのように持ち上がるのが大文字屋百貨店の良き慣習だった。

しかし、緑井は柴末が社長を辞めた後、すぐに小野里の運転手になった。成海紘次郎が新しいオーナーになったのだ。社長だった人間は相談役に退いて、それまでと同様の待遇を受ける。そのかわり社長の権力を次の人間に明け渡す。待遇は相談役が名誉相談役になっても変わらない。そしてその間も、血筋で会長の椅子に座っている人間はそのままの地位にいる。しかし、そうした習慣は、ギャラクシー・デパートが大文字屋と呼ばれていたころまでの話にすぎない。

成海紘次郎が買収して、ギャラクシー・デパートと名前が変わって、柴末だけでなくたくさんの先輩たちが会社から出ていった。いや、追い出された、と言ったほうが当たっている。それまでの大文字屋なら、会社の中での地位が上がるにつれて役得も増え、ゆったりと仕事をしながら、それでも会社内外での尊敬をかち得ていたし、収入も増えつづけたはずの人たちだった。それが百八十度変わった。成海が買収するまで社長だった柴末は、相談役にならず、突然会社との関係が完全に断ち切られた。

（俺はそいつを横目に見ながら、目の前にある仕事を次々に片づけることを楽しんでいたにちがいない。そういえば、自分の将来についてどう考えていたんだろう。多分、何も考えていなかった。目の前の蠅を追うことだけで、日が過ぎていった。その挙げ句が、いま、ここだ)

車がスピードを上げる。天現寺の入口から高速道路へ入った。これまで毎日、エンドレステープのように走ってきたコースだった。

(ここで、俺の人生は終わりだ。少なくともビジネスマンとしての人生は終わる。

そして、この俺にとって、ビジネスマンとして以外の人生があるのかどうか、怪しいものだ。五十六歳。早いといえば早いが、大学の同級生の多くは、もうビジネスマンとして上がりになっている。いまはまだ、てらてらぬらぬらと光っている奴だって、後十年。結局、辞めていく。同じことだ。

明日からどうするのか。まず、朝、ベッドの中でぐずぐずとゆっくりしている。起きてからも、服を着替えたり顔を洗ったりすることはしない。朝飯のことだって、食べておかなくては昼までにお腹が空くし、昼飯は食べ損なうかもしれないし、なんて考えることもない。食べたいときに、食べたいだけ食べればいいのだ。

女房の奴はいやがるだろうな。でも、いやならあいつが家から外に出ていけばいい。これまでは、毎朝毎朝、雨の日も風の日も、俺が外に出ていったんだ。

多分、いや確実に、いままで付き合いのあった誰とも、もう話すことはない。不思議な話だが、本当はそういう関係同士にすぎないんだってことに気付かないできただけのことだ。仕事での付き合い。そいつが、まるで人生全体を覆うような関係だと錯覚していた。

成海紘次郎と鉄火場のやり取りをしてもぎ取ったカネが、これからの俺の人生のすべて、ということだ。

それでいい。会社に入ったとき、自分が社長になるなんて、あまり信じていなかった。成海から取ったカネは、サラリーマンが一生に稼ぐ金の三倍にはなる。それに、俺にはもう家もある。今回手に入れた金額からすれば、自宅のローンの残りなんて大した額ではない。第一、五十六歳までの稼ぎはもうもらってしまっているのだ。この十億円はそのうえの「おつり」のようなものだ。それにしては金額が大きいが。

思えば、あの香港からの帰りの飛行機の中で思い詰めていたことも、煎じ詰めてみればカネのことだ。それも、いま手にしている金高よりずっと少ないカネの話だ。江戸時代、飛脚宿の養子の忠兵衛が遊女の梅川と心中したのも、五十両のカネの話だった。だが、いま俺は十億円のカネを持っている。日本ではじめてのゴールデン・パラシュートなんて非難まじりに騒がれたが、それも一時のことだ。しばらくすれば、こちらが頼んでも取材になど来てくれぬ。それがマスコミというものだ。

「カネのない男は首のない男だ」と言った人間がいたっけ。その男の流儀に従うと、俺はやっと顔らしいものができたってわけか)

車はいつの間にか東京タワーを左に見ながら東進していた。いつものことながら、高速道路には車があふれて身動きもできない。しかし、小野里の乗ったセルシオの内部には快適な空間があった。霧雨が頭に降りかかってこないのはもちろん、外気は少しも顔に当たらない。厚いガラスと堅固な鉄板が、小野里の弛みはじめた皮膚の外側を被っている。少し上体を右に傾けて右腕をアームレストにもたれかけさせる。薄茶色に染められた革張りのシートがほんの少し香った。

(川之辺という、あの外資なれした新しい社長は、えらく張り切っていたな。記者の質問にいちいち答えるその気負いが、昔の自分を自分が横にいて見ているようで、妙な気分だった。「おまえさん、そんなにしゃかりきにやっても、自分の会社でもあるまいに」そう言ってやりたいような気がしたな。もっとも、言ってみたところで、あの新社長は俺が負け惜しみを言っているとしか取るまい。

負け惜しみ、か。本当はそうなのかもしれない。俺は、悔しいのかもしれない。自分で自分を、自分が長いあいだ住んできた世界から放り出してしまったような気がする。

未練？　ちがうな。ああするほかはなかった。ああした選択しかなかったことへの恨み？

とんでもない。俺は自分の運命の女神に感謝している。では、人の世が、ああいうふうにできていることへの憤慨？

俺は、俺がこれまで何の疑いもなしに従ってきた原理を、自分のために裏切った。より優秀な番犬になるべく、生まれて以来一貫した教育を受けてきた。その俺にしては、うまく番犬業を廃止にしたものだ。なに、会社が成海紘次郎のものになっていなければ、俺はいまでもエンジェル・デパート、ではない大文字屋の社長をやっている。そして、いつ相談役になるのか、その次の名誉相談役まではまだまだ間があるな、なんて考えていたはずだ。

しかし、俺は成海のおかげで番犬をやめる決心をして、成海の手を嚙んだ。

それからは、一瀉千里《いっしゃせんり》だったな。もう一度、今度は西洋犬の真似をして、青い目のご主人に仕えてみようなんて、無理をしたりした。それに失敗して、野良犬へ転落する寸前のところを、会社の鍵をくわえて成海紘次郎のところへ行って一声吠えてみせたってわけだ。いま思い出しても、ぞっとする。そして、鍵と交換に一生かかっても食べきれないほどの肉をもらった。

本当は誰の口に入るべき肉だったのか。俺にはわからない。もう自分の手の中に入ってしまった以上、どうでもいい、知りたくない）

小野里を乗せた車は、京橋の出口で高速道路をおりると、間もなくエンジェル・デパートの本店に吸い込まれていった。

「いやあ、小野里さん、ご苦労さまです。これからもわからないことだらけだと存じますので、どうかお見捨てなくよろしくお願いします」

いつものように社長室に入ると、誰が知らせたのか、すぐに川之辺が入ってきて大声で挨拶する。

「川之辺さん、老兵は消え去るのみ。死にはしませんがね。しかし、ここはもうあなたの会社だ。今後は、私はお店のほうで、一人の客としてお世話になります」

小野里はいやな顔をせずに一応の返礼をすることができた。

（いたたまれない）

そういう思いがあった。ふと昔、学生のころ、アパートの部屋を探して不動産屋の車に乗せられて回ったとき、まだ目当ての部屋に住んでいた住人の言った台詞を思い出した。「ああ、これじゃまるでフライパンの上に乗せられたみたいだ」。自分の部屋を何人もの見知らぬ人間にさらす日々の続いたその男は、誰にともなく、慨嘆した。

川之辺が出ていくと、秘書がお茶をいれてお盆にのせて捧げ持ってくる。これまで何千回あった行事か。明日からはないことと思えば、その恰好にも一種の懐かしさを感じた。だが、娘ほどの年齢の秘書は、じろじろ見られたことでひどく決まりの悪い様子だった。小野里は

あわてて目を背けると、

「いやあ、北本さん、長いあいだお世話になりました」

と、机の上に視線を伏せたまま言った。視界の中に、盆と茶のなみなみと入った湯飲み、そして盆に添えられた秘書の手があって、その手がすぐにすっと引っ込められた。

会社でいちばん広い会議室に主だった社員を集めて、お別れの挨拶らしきものをしたが、誰も小野里の言うことなどまともには聞いていない。

一段高く設えたステージに立っていた小野里の耳には、「こいつだよ、会社から大枚せしめてすたこら逃げていく奴は」という声が届いてくるような気がした。中には「右に左にと要領のいい奴さ。サラリーマンの鑑《かがみ》だ。俺もそうならなくちゃ」という声も混じっている。少なくとも、今日の小野里にはそう感じられた。

（そうさ。それがわかって会社生活を送るのと、何か錯覚を抱えたまま会社にいるのとでは、えらいちがいだ。そして、そのちがいがわかったときには、何もかも遅い。それが、口にはしないが、僕のみなさんへの別れの辞ってわけだ。グッドバイ）

部屋に戻ると、午後のあいだにまとめておいた荷物がもう車に運ばれたのか、一つもない。小野里としては、不在のあいだに済んでしまって、ありがたい気がした。

改めて、机に向かって座ってみる。全体がブラジリアン・ローズウッドでできていて、表の真ん中が革張りで、その革が手前の角のところで何ヵ所も擦れて表面が剝《は》げてしまい、薄くなっている。前の柴末社長から受け継いだものだった。五年間、毎日使ってきたのだが、こうして眺めていても不思議なほど何の感興も湧かない。もう自分とは無縁の物体にすぎないのだ。

突然、机の左にある電話が鳴った。

「社長、お電話です」

朝お茶を持ってきてくれた秘書の北本が取り次ぐ。

「スティムソン・インベストメントのブレーク・オコンナーという方です。どうしても急いで社長にお話しになられたいそうで、今日は社長は無理だと何度も申し上げたんですが」

秘書は半ば弁解していた。

(べつに、今日だからって電話に出にくいわけでもないのに)

そう思ったが、黙っていた。

できれば小野里が会社を出る前にうかがいたいというオコンナーの言葉をいぶかしく感じつつも、(断る理由もあるまい。何の話か知らんが)と軽く考えて、四時を約束した。五時きっかりには本店を出るつもりだったが、それほどの時間もかかるまい、としか考えなかった。スティムソン・インベストメントという名は何度か新聞で見たことがあるような気がしたが、それもどうでもいいことだった。

「小野里さん、この部屋、今日で最後だと思っているでしょう」

ブレーク・オコンナーは名刺を交換してソファに座るなり、室内を見回してそう言った。

「はい」

小野里は何とも答えようがなくて、単純にうなずいた。

「それが、もっとこの部屋を使い続けませんか、という話で参上したんです」

そう重ねて言うと、オコンナーは一人で笑った。横に通訳の若い日本人女性を連れていたが、通訳は何も事情を知らないのか、よけいなことは何一つ言わない。

「私どもの会社は、世界中の流通業界にいろいろな投資をしています。日本は最近始めたばかりです。ご存じでしょうか、先月、ニューヨークのハーゲン・アンド・ニミッツという投資会社を丸ごと買収する契約に調印したばかりです」

小野里はぎくりとした。ギャラクシー・グループとマウンテン・ファンドの持ち株全部を取得した投資会社の名前がハーゲン・アンド・ニミッツだ。成海紘次郎がハーゲンへ売却をすることになったのでゴールデン・パラシュートが開き、小野里はエンジェル・デパートから出ていくのだ。その最後の日が今日なのだ。

そうした事情を知っているのか知らないのか、オコンナーは小野里の内心の動揺など、その可能性すらも気に留めないといった調子で、

「ハーゲン・アンド・ニミッツは、日本ではいまのところ、ここエンジェル・デパートしか持っていませんが、われわれスティムソンでは、すでに富士百貨店の買い取り交渉に入っていますし、その他にも大阪の京川百貨店グループとも大体の下交渉が終わっているところです。もちろん百貨店だけではありません。他にもいくつかの会社と交渉しています。財務書類のディスクロージャー不足の関係で会社全体の中身がわからないところについては、店舗ごとの話もしています」

と淀みなく続けた。

しかし、オコンナーのあげる名前はどこも有名ではあったが、傾いている百貨店ばかりだ。

思わず小野里が、

「そんなボロばかり買って、一体何をするんですか」

と尋ねると、オコンナーははじめて一休みした。それから、小野里の顔をまじまじと見つめると、

「だから、私は人買いもしなくちゃならないんです」

と浴びせかけた。

「心配しなくても大丈夫、小野里さん。われわれは、会社を買うについては相手の言う『公正な価格』などでは買いません。われわれから見て十分に採算の合う数字でなくては首を縦に振りません。

しかし、買うのは比較的やさしい。そう思われませんか。

大事なのは、難しいのは、買った後、どうやって育てていくかです。それには唯一無二、人だ。それも、流通業はその国の人でなくてはできない。だから、われわれは会社や店を買うのと並行して、人を買いたい」

「それで、私に何をしろと？　誰か適当な人間を推薦しろと言うんですか」

小野里がもう一度尋ねる。早くしなくては、秘書から「そろそろ時間です」とせき立てられることになりかねない。今日はこれまでとはちがうのだ。ここまで来て、そんな惨めな羽目には陥りたくなかった。

「いや、推薦は他のところでもうしてもらいました。その結果です、私が今日ここにいるのは。小野里さん、あなたにスティムソン・インベストメントの日本代表をやってほしいんですよ。スティムソン・ジャパンの下には、そうですね、エンジェル・デパートだけじゃなくて、少なくとも五、六社のデパートが並びます。ただし、その並べ方も変えてほしい。どこを潰して、どこにくっつけるのか。すべて、あなたに考えてほしいんです」

小野里は絶句した。目の前の、まだ幼さの抜けきらない、金髪を短くまとめたアイルランド系とおぼしき男は、小野里に成海紘次郎が苦労に苦労を重ねてやっと売却したエンジェル・デパートのトップに戻れと言っているのだ。

しばらく黙っていた。オコンナーが怪訝そうに、通訳にどうしたのか尋ねるように指示する。そうした通訳の言葉に適当に相槌を打っていた小野里は、突然自分でも抑えきれない衝動に駆られて、大声で笑いだした。

「はっはっはっは。こいつは、お笑いだ。この俺が、エンジェル・デパートその他のグループの元締めになるという話なのか。成海紘次郎に聞かせてやりたいね。いま泣いた烏がもう笑う、ってわけだ」

オコンナーは、どうやら小野里が機嫌を悪くして黙り込んだのではないとわかって、一緒に釣られるように笑い出した。通訳までが、笑いを訳しているつもりなのか、笑いの渦に入ってくる。

「小野里さん、あなたのこのあいだ以来の身の振り方、大したものです。ああいう変幻自在なビジネスマンなんて、日本になかなかいるもんじゃありません。そうヘッドハンターに言われましたよ。

それに、大木弁護士、大変にあなたのこと褒めていました。あの人は変化の時代の人だって、日本のゲッツ・フォン・ベルリヒンゲンだって、日本の弁護士が中世ドイツの傭兵《ようへい》隊長の名前を知っているなんて、少し驚きましたけどね。

われわれは、グループに入った一定の限られた人間《パートナー》には、一緒に金儲けしてもらいます。あなたにもスティムソン・インベストメントのシェアが割り当てられます。ですから、あなたの傘下の会社群が成績をあげれば、あなたは自分で想像もできないくらいの金持ちになることができます。何十億円じゃない、もう一桁の金額、ハンドレッド・ミリオン・ダラー、一億ドル以上です。アメリカでは、サラリーマン経営者が一億ドル稼ぐ時代に入っていますよ。もう一桁上の人もいる。そりゃそうでしょう。スポーツのヒーローですら一億ドル、百億円を稼ぐんです。金儲けのプロがそれ以上稼ぐのは当然でしょう」

オコンナーが笑いの切れ間切れ間に言う。

「そうか、この俺に節操がないから、だからこれからの時代をリードできるっていうのか。そんな馬鹿な。第一、俺は節操がないのではなくて、臨機応変なだけだ」

そう小野里が叫ぶと、

「リンキオウヘン？」

と通訳が意味がわからなかったらしく、尋ねる。

「転石苔《てんせきこけ》を生ぜず、ですよ」

そう言って、小野里は通訳に、昔習い覚えた英語の諺《ことわざ》を教えてやった。通訳が、それならわかるという顔をしてオコンナーに英語で喋りかけると、オコンナーが大きくうなずいて、手を差し出して小野里の手を握った。

次の瞬間、小野里は電話のボタンを押すと、秘書に向かって、

「おおい、僕の荷物を車のトランクからこの部屋に戻すようにって、緑井君に言ってくれたまえ」

と怒鳴った。

あとがき

第四作である。フィクションである。特定のモデルというようなものはない。

非競業条項、ノン・コンペティション・クローズというものは、一般にはまだ馴染みがない契約条項だろう。しかし、私が仕事をしている限りでは、日常茶飯事と言っていい。裁判例もいくつか集積している。要するに、会社を辞めたらしばらく元の会社と同じことをしてはいけない、という約束である。

憲法上の権利である職業選択の自由と抵触する。したがって、その有効性には限度がある。限度があるが、逆に言うと、その範囲では有効なのである。そして多くの契約の例に漏れず、この契約も、締結するときにはさして気にならない。はじめから退職した後のことを考えて雇用契約を結んだりしないのは、離婚の条件を話しあって結婚することがないことに似ていなくもない。

しかし、事業を守る側になって考えてみると、この条項は大変に大切な条項である。どんなにエレクトロニクス化されても、事業はすべて人がかかわる。むしろエレクトロニクス化と比例して、この条項の重要性は増すにちがいない。組織がフラットになって情報の共有化が進むということは、その中の誰もが、会社の命運を左右するような情報に触れる機会が増えるということでもあるからである。

第三者割当増資というのは、株式会社というものの根幹にかかわる問題と言っていい。つまり、会社の真のオーナーは誰なのか、ということである。会社は誰のために経営されなくてはならないか、と置きかえてもいい（じつは、本当にそう置きかえてもいいかどうかは、それ自体、一つの問題ではある。そこには「所有しているものは自分の好き勝手に使用・収益・処分していいのだ」という前提が伏在していて、いまの時代、その前提が正しいのかどうかは、必ずしもハッキリしないのである）。

とにかく、「授権資本」という、会社の基本規則である定款で決められた枠内ではあっても（授権資本の枠というのは、現実の発行済み株式の四倍を超えて増資するためには、定款そのものの変更――株主の三分の二の賛成を要する――が必要となる、という商法上の制約のことを指す。ただし、この制約は、この小説の中にも出てくるように、事実上さしたる制約にはなっていない）、さらに増資の必要という制約はあっても、公開会社の取締役会は会社を支配する株主を指名できるのである。この間の事情は、京都から将軍を迎えつつ政治の実際は執権という北条家の人間が握っていた鎌倉政権を思わせる。

　さらに、その取締役会とは、日本では社長の別名であることが多い。つまり、この二つの命題を合わせて雑駁に言うと、日本では会社のオーナーは社長だということになる。そして、これは大方の人々のこれまでの実感とも一致している。

　人々の実感と言った。すなわち、巷間行われているところの七面倒臭い議論とは別の話である。そうした議論は、会社は株主のものだということを自明の結論であるとし、同時に出発点にしている。

　しかし、右の日本の事情は、巨大な公開会社についての、アメリカでの事情と大いに異なる。アメリカのそうした会社の社長は、取締役会を支配しているとは限らないからである。社外取締役が過半数を占めているのが、こうした公開会社における原則なのである。


　もう一つ、この小説を書く動機になったことがある。それは、アメリカにおいて急激に進んでいるサラリーマン経営者の収入の増加である。増加というよりは、爆発という言葉がふさわしい。少し前までは、サラリーマン経営者の収入は多い人でも年に数億円を超えなかった。それがいまでは年収が百億円を超えるビジネスマンが複数いる。このような人々にとっては、生涯の所得は一千億円以上になるだろう。そのような金額は、昨日の常識では、巨大企業を創業した人間か、とてつもない大発明をした人間に限られていた。それが、たんに(?)会社をうまく経営することで、その域に達するのだ。「ストック・オプション」のことを話しているのである。

このことの将来については、いろいろな意見があるだろう。毎度のことだ。面白い、刺激のある面ばかりを強調することが商売の人間もいるのだ。そもそもスポーツ選手や流行歌手が稼ぐくらいの金を、金儲けのプロが稼ぐのは当然だ、と考える人もいる。

しかし、私はあえて肯定的な面からアプローチしてみた。日本も早くそうなるべきだと思っている人々は、はたしてどういうふうな考えをすることができるのかを探ってみたのである。

このことの将来の可能性は、是非論とは別に、重要なことであると思う。会社を経営するということは、選挙で票を集めるという手続きとは別の手順で、人と人とのあいだの利害を調節する働きだと思うからである。そして、人の世界は、選挙という手続きだけで済ますには、あまりに複雑で、会社という組織は世の中に不可欠だと思うからである。

人は考えていることをいつも正直に言うものとは限らない。そのうえ、考えていることとすることとは、別であることが多い。人の欲望を議論しあって全体の調和に変えてゆくのが政治なら、人の欲望をそのまま全体への調和に変える試みが経営なのだと思う。だから、経営者には報酬が用意されるべきなのだ。その果たしている機能は人類にとって大切なものであり、こうした人々のあいだには、お金が動機付けになるようなタイプの人が割合多く見られるからだ。

ただし、そのことは一つの重要な前提を必要としている。世間の人々が、まっとうにお金を稼いだ結果金持ちになった人を、科学者や芸術家、それに社会活動家と同じように、言葉の真の意味での尊敬心を持つ対象の一つと考える、ということである。それがないとすれば、金儲けは相変わらず後ろめたいことでありつづけるだろう。

そのことは、もう一つ別の前提を必要とする。まっとうに働けば金持ちになれ、それ以外の方法では金持ちになることが難しい世の中であることである。そうでなければ、人々が尊敬しているフリをすることはあっても、心からの尊敬を得ることはありえない。この小説の世界は、そういう世界だと、私は想定したつもりだ。つまり、誰も人種、信条、性別、社会的身分または門地で差別されることがあってはならない世界、法律の枠の中にいる限り、限りなく自由で、その枠から出た途端、直ちに排除される、という「法の支配」の徹底することが良しとされている世界のことである。もちろん、必ずしも「法の支配」がすでにあまねく行われているということではない。

どうして自分がそういうことを考えはじめたのか、と自問することがある。

多分、人というものが、口にすることと腹の中で考えていることとが違うと感じることが多いからだろう。弁護士というものは、職業的にそういうことを見聞きする機会が多いのである。

しかし、それだけではない。企業の実際、経営の実態を弁《わきま》えない、理想論の形をとったセンチメンタリズム、ルサンチマン、感傷に怒りを覚えることが数多いからでもある。昔、地上げをしている人に、「カネの問題じゃない」と頑張る人ほど腹の中でカネを欲しがっていると聞いたことがあった。

あるいは、昔聞いた話に、「中世のヨーロッパで、黒死病と恐れられたペストが流行ったとき、ある善意の塊のような王様が、『ペストの原因は鼠だ。だから、鼠を退治しなくてはならない。そのためには、掛け声だけで人々の心に訴えかけるのではなく、国のカネで一匹あたり十円（?）で鼠を買い上げることにしよう。そうすれば、たちどころにこの国から鼠がいなくなって、ペストも収まるにちがいない』と決心して、その旨の布令を出した。その結果どうなったか？　国中で鼠を飼育することが大流行になった」というのがある。

人間がそうした面を持ったものであることは、悲しいことだが、認めないわけにはいかない（念のために記すが、そういう面のみでないことも確かである）。それにもかかわらず、そうしたことを無視して人々を誤った方向へ導こうとする人が跡を絶たない。

今回は、講談社の唐沢暁久さんにお世話になった。弁護士業に勤しんでいる私を相手に、ぎりぎりまでさぞ大変な思いをされたことと、いまとなれば申し訳ない気持ちで一杯です。

そして、今回も旧知の志甫溥さんが、ご多忙にもかかわらず原稿の段階で読んでくださいました。あつくお礼を申し上げます。ありがとうございました。

最後に、いい話を一つ。MBOを敢行したあるビジネスマンが、MBOというものを私の小説ではじめて知って、「これだ！」と思ったのが人生で最大の跳躍をした契機だったとおっしゃっていたということを、人づてに聞きました。そういうことが、人が生きているあいだにはあるんですね。

引用について

一八九ページ（本書二〇四ページ）、「酒という酒がことごとく出された宴」のように「心を開いて」という表現は、アルチュール・ランボオの『地獄の季節』の冒頭によっています。十七歳のときに読みました。もちろん、小林秀雄訳の岩波文庫版です。

一七〇ページ（本書一八四ページ）に出てくる小説は、大江健三郎さんの『個人的な体験』です。私がはじめて読んだのは、当時まだ始まったばかりだった新潮社の書き下ろしシリーズでしたが、いま手元の文庫本で確認しますと、一三六ページになります。他にも、一一八ページ（本書一二八ページ）と四八ページ（本書五五ページ）にそれぞれ大江さんの一八二ページと一九八ページからの引用（『マクベス』の台詞を引用した英語で、「ソンナ風ニ考エハジメテハダメヨ、鳥《バード》、ソンナコトヲシタラ気ガ狂ッテシマウ」という部分と「ああ、この可哀そうな、小さなもの《ジス・プア・リトル・シング》！」という部分）があります。

大江さんの『個人的な体験』を、私は広島で中学の三年生だったときに読みました。学校の図書館の本でしたから、箱もカバーもなくて、紺色の布製の表紙でした。昭和三十九年のことです。「暗いシナリオに『明るい結末を與へなくちやいかんよ』と命令する映畫會社の重役みたいなものが氏の心に住んでゐるのではあるまいか？」という三島由紀夫氏の『個人的な体験』論（昭和三十九年九月十四日・週刊讀書人）もその頃目にしました。

私が石原慎太郎さんの『太陽の季節』を読んだのは、その後のことです。九一ページ（本書一〇〇ページ）の「新しいギラギラするような喜び」、一八五ページ（本書二〇〇ページ）の「抵抗される人間だけが感じる、あの一種驚愕の入り混った快感」は、どちらも『太陽の季節』の冒頭に出てきます。そして、その後に「始めて自分を取り戻し得たような満足を覚えた」、「人はそれを不敵と見るのだ」と続きます。

前々作（『株主代表訴訟』）のあとがきでは江藤淳氏にふれました（二二八ページ。幻冬舎文庫では二四〇ページ）。今回はいろいろなことを思い出しながら書いていましたので、あえて後日のために記します。

文庫版あとがき

三年前に出た本に新しい名前がついて、再び世間の陽の目をみさせて戴けることになった。社外取締役、投資ファンド、非競業条項（ノンコンペティション・クローズ）など、出版当時は未だ珍しかった言葉も、この短い間に人口に膾炙《かいしゃ》するようになった。ＭＢＯがマネジメント・バイアウトを意味することも今やさしたる説明を要しないだろう。この本が書かれて後に幾つかのＭＢＯが実行され、その度に新聞で報道され雑誌で論評された。これからも、もっともっと起こるに違いない。

小説の中で大木弁護士が「ビッグ・フォー」となかば冗談でいった通りのことも、エンロンが破綻して現実になってしまった。国際的な巨大会計事務所であったアーサー・アンダーセンが崩壊して、ビッグ・ファイブの一角が消えてしまったのだ。「いずれ四つになることを見越して」の大木の発言だと小説中にある（九七ページ）から、三年前にはもう何かの臭《にお》いが漂い始めていたということかもしれない。

それにしても、あとがきを読み返すと少し気の遠くなるような懐かしいような気持ちになる。石原慎太郎さんや大江健三郎さん、三島由紀夫さん、そして江藤淳さんらの名前が並ぶと私の心は自分が十代だったころ、少年と青年の間を行き来していた時に立ち戻るのだ。

今回、三島さんからの引用中の映画会社の「社」の字が旧字だったことを確かめるために、三島さんの「個人的な体験」論（「すばらしい技倆、しかし………──大江健三郎氏の書下ろし『個人的な體驗』」三島由紀夫評論全集第一巻一一三ページ）を読みなおしていたら、以下のくだりに行き当たった。

「この素直すぎる主人公が、一九六ページあたりで、デルチェフという甘ちゃん外人のお託宣に、無条件に頭を垂れる（中略）こんな『ヘンな外人』の象徴化神秘化は不可解に思われる」

私は長い間、大江さんのこのデルチェフさんに関する描写をひどく感動的な部分と思ってきた。ところが三島さんにかかると上記引用のとおり「甘ちゃん外人」になってしまう。三島由紀夫恐るべし、三島由紀夫は今でも生きて話している、そう感じた。三島さんは、この「甘ちゃん外人」を「ラストの落膽を豫期させるもの」とまで酷評する。それにもかかわらず「甘ちゃん外人」の場面は相変わらず私を惹きつける。しかし、三島さんはそう感じている私に匕首《あいくち》を突きつけてきたのだ。その匕首が私の喉元に突きつけられているのが視線を下に降ろすと見える。「オマエは『甘ちゃん日本人』だよ」という彼の声が聞こえる。私は放り出して逃げ出すわけには行かない気にさせられる。

それが文章というものの力なのだろう。

芥川龍之介は『侏儒の言葉』の中で、何百年と限りのある絵や書に比べて文章は千古無窮であるという中国人の言葉を紹介している。芥川の意図は、しかし文章もまた寿命を持つという趣旨のようだが、三島さんのあの文章はたかだか四十年前のものに過ぎない。つまり、三島さんは私の同時代人であり続けているということだろう。

それはそうであるとしても、あるいはそうではないとしても、江藤さんは亡くなられてしまった。私が前作のあとがきの中で、彼の「国際化とは、お互いによそ行きになりあうということだ」（『夜の紅茶』八八ページ）という言葉を引用させて戴いてから一年と少し後のことだった。青山墓地にある、彼が先考のために整え自らも眠っておられる墓を訪ねると、彼が何に挑んでいたにせよ、「江藤さん、戦いはもう終わりましたね」と話しかけたくなる。地下の江藤さんは、「天下国家も、政治も社会も経済も忘れて、自分はどこから来て、どこへ行くのだろう、というようなことを」（同書一五五ページ）夜の紅茶を飲みながら考えておられるのだろうか。それとも、もうありとあらゆる疑問への答えはとっくに出し尽くしてしまって、夜となく昼となくただただ美味しい紅茶を飲んでおられるのだろうか。世が世なら遊冶郎《ゆうやろう》となっていたかもしれないと自ら思っていらしたくらいの江藤さんのことだから、自分にあり得たかもしれなかった、そうしたもう一つの人生を夢想しつつ、時に荷風散人なぞと歓談して悠々と永遠の時を楽しんでおられるのだろうか。

自分の小説のあとがきに、比較を絶して優れた人々の名前を羅列するのは、鬼面人を驚かす類のやり方という気もする。それでいささか躊躇する気持もあったのだが、やはり淡い追憶の世界からのほのかな誘惑に勝つことは出来ない。そもそも、人間は誰でも自分の人生については、そのような部分をこそ大事と思わずにおれないものなのではないだろうか。

だからこそ、私は「組織」と「個人」、その「個人」にとっての決定的な与件としての「人生の一回性」について、たとえば、「子供を育てるのが、取り換えのきかない、一度限りで不可逆的な人生の大切な中身である」（本書二〇三ページ）というようなことについて、もっともっと考えていたい。それが私の日常の殆ど全てを占めているビジネス・ローの世界を舞台とする新しいフィクション、小説という形にうまく昇華されて行くかどうかなどということは気に留めず、ただただそうしていたいと考えている。

それがいつか私をどこか私の知らないところへ連れて行ってくれるだろう。

二〇〇三年九月

牛島　信

解説

永江朗

初めて本書『ＭＢＯ』（単行本のタイトルは『取締役会決議』）を読んだとき、正直いって私は面食らってしまった。これまで読んできた小説とあまりに違っていたからだ。決して難解な小説ではない。むしろ、デパートを舞台にした企業小説は、約七年間デパート勤めをした私にとって身近に感じられた。もっとも、私が働いていたデパートは、私が退社したあと経営がうまくいかなくなり（私が辞めたからではないかと思っているのだが、誰もその意見に賛成してくれない）、私が勤めていた子会社は清算されてしまったのだけれども。

これまで読んできた小説と違っているのは、小説の根底にある世界観である。それも、これまでの世界観を否定するとか対抗するというのではなく、まったく違うルールとステージを提示している。

簡単にいってしまえば、この小説には単純な善玉／悪玉が存在しない。弱い善玉が強大な悪玉にいじめられる。最初は苦戦するものの、幸運にも智恵を授けられ、最後には見事に悪玉を打ち負かす……。この小説はそうしたエンターテインメント小説の王道ともいうべき枠に入らない。また、善玉のふりをしているけれども実は悪玉、というわけでもないし、悪玉が実は善玉でした、というわけでもない。あるのは善悪の彼方《かなた》。『善悪の彼岸』はニーチェ。『善悪の彼岸過ぎ迄』といったのは上杉清文。いやはや。

主人公の小野里英一はギャラクシー・デパートの社長である。ただし、オーナー社長ではなく、いわゆるサラリーマン社長。あるとき小野里は、オーナーであるギャラクシー・グループの総帥、成海紘次郎に呼びつけられる。しかもわざわざ香港まで。そこで告げられるのは「君、君にはこれからグループのもっと上を見てもらう。もう現場で汗出しするのはおしまいだ」という言葉である。小野里に提示されたのは、ギャラクシー・デパートの持ち株会社の取締役というポスト。

これは左遷なのか栄転なのか。読者にもちょっとわかりにくい。オーナーは「上を見てもらう」といっている。だが当の小野里は、これをていのいい馘首宣告だと受け取った。なにしろ社長職を解任されるのだ。彼はコネを頼りに転職を試みるが、そこで思わぬ障壁が待っている。一定期間は業界で競合する他社への転職を禁じる契約書の存在だ。

退路を断たれて、ここから小野里の戦いが始まる。

とはいえ小野里に特別な力があるわけではない。カネもない。なにしろオーナーから人事案を提示されて彼がまず考えるのは、収入のことばかりだ。まだ大学に通っている二人の子供と拡張しきった生活水準に伴う出費、そしてまだ払い終えていない住宅ローンのこと。しょぼい男である。そんな彼にあるのは、現場時代に培った人脈と、たたき上げ社長としてのプライドだけだ。

成海の描き方がいい。なんとも嫌みたっぷりの俗物。しかも税金逃れのために（おっと、注意深い著者は「税金の問題」と書いている）日本には住所を持たず、タックスヘイブンに本拠を置き、世界各地を転々とする日々。夫人のどこかとんちんかんな応対ぶりとともに、悪玉の貫禄じゅうぶんだ。

小野里に智恵を授けてくれる者があらわれる。弁護士である。その指示に従い、取締役会と外資系ファンドを巧みに使って、小野里はよく闘う。

著者は作家としての顔とはべつに弁護士としての顔も持っている。それも内外の企業をクライアントとする大きな弁護士事務所を主宰している。この取締役会を使って合法的に闘う部分には、著者の法律家としての知識や経験が反映されている。それゆえ、たんなるたたき上げ社長の復讐譚とか、企業小説としてだけでなく、企業と法律についての情報小説という側面を持つ。

一般には、取締役なんていうと、たんなるポストのひとつと考えられがちだ。係長や課長のちょっと高級なもの、というイメージもある。とりわけオーナー企業の場合は、取締役会といっても実際上は有名無実化しているところがほとんどだろう。しかし、株式会社における取締役とは、たんなる職制ではない。株主のために会社の方針を決定し、利益を上げていく責任がある。有名無実化という、いわば虚をついたかたちで、小野里は闘う。

これは、日本的経営、日本的会社観に対する、アングロサクソン的会社観の闘いでもある。後者では、企業とは従業員や消費者のものである以前に株主のものであり、株主にとっての利益とは収益を上げて配当を出すことである。

闘いに関する記述のいちいちが具体的で面白い。たとえば、相手方のやり口は、恫喝と懐柔である。それに対して、無力な個人がどう闘えばいいか、そのノウハウも本書に書かれている。

私が笑ってしまったのは、その攻撃と防御・対抗のノウハウが、労働運動におけるそれとまったく同じだからだ。たとえば労働組合を結成しようとすると、その人は会社側からさまざまな攻撃を受けるだろう。多くは恫喝と懐柔である。対抗するには、労働法をよく理解して、落ち着いてメモを取ることから始まる。クビにされそうな社長と、クビにされそうな社員の、組織を相手にした闘いが、ほとんど同じというのは面白い。

さて小野里は闘いの第一ラウンドには勝利する。自分を解任しようとした成海の鼻をあかし、見事に経営権乗っ取りに成功する。

だが、話はそこで終わらない。新たな展開が待っている。そこからの小野里の転戦を、読者はどう捉えるだろうか。節操のなさに怒るだろうか。あるいは、「それが企業社会というもの」と達観するか。それとも、人間存在の滑稽さと不条理を感じるか。

しかし、そもそも企業に善悪はあるか？

むかしむかし私は、善悪二元論という強力で魅力的な思考法にとりつかれていた。世の中には、善玉と悪玉しかいない、と考えていた。もっとも、とりつかれていたのは私だけではない。宗教における原理主義からテレビドラマの時代劇まで、日常のあらゆるところに善悪二元論がある。ワイドショーや週刊誌の世界もそうだ。犯罪や事件というのは、とんでもない悪玉が起こすものであり、被害者や影響を被る人は善玉、あるいは無辜《むこ》なる民、というわけである。コメンテイターや記者たちは、高みの見物のふりをしながら、自分は善玉の側にいることを疑いもしない。

だが、人生経験を重ねていくにしたがって、万能のように見えた善悪二元論は意外と適用範囲が狭いことがわかってくる。たとえば犯罪だ。新聞などの通り一遍な記事では、加害者と被害者と事件の表層しか報じられない。なんとなく加害者が悪玉で被害者は善玉、と思ってしまいがちだが、多くの事件を取材したノンフィクション作家などによると、必ずしもそうとは限らない。たしかに傷害なり殺人なり当該の事件の表層では加害者＝被害者の関係が成り立っていても、一歩視点を変えて事件の全体を眺めると、加害者が被害者に、被害者が加害者に転換することは珍しいことではない。というよりも、被害者／加害者という二分法が成立しないような局面がある。

悪玉といっても、頭のてっぺんからつま先まで骨の髄まで悪にまみれた人間なんてめったにいやしない。善玉だってそうだ。むしろ悪玉の中身は百分率にして悪五一％、善四九％ぐらいではないか。一方、善玉の善含有率も五一％ぐらいで、このわずか二％の差が、悪玉と善玉を分かつ。

若いころの私は、企業というのは悪の固まりみたいなものだと思っていた。金を儲けること、イコール、悪。企業家は労働者を搾取することによって肥え太り、企業規模が大きくなればなるほど、それは悪いものなのだと信じていた。あるいは、金持ちは悪で、貧乏人は善。

だが、世の中でいろいろと経験を積むと、必ずしもそうではないことがわかってくる。企業の中にも、いい企業もあれば悪い企業もある。ひとつの企業の中にも、いい面もあれば悪い面もある。いや、同じひとつの企業のひとつの面にしても、ある方向から見れば悪くて、ある方向から見ると正しい、なんていうことがいくらでも出てくる。

悪い貧乏人もいれば、いい金持ちもいる。悪い零細企業もあれば、よい大企業もある。もちろんその逆も。

というよりもむしろ、企業というのは善悪とかそんな単純な尺度で測れるものではない。企業は善悪とは関係ないところにある。なぜなら貨幣には良い貨幣も悪い貨幣もなく、良い使い方と悪い使い方があるだけだからだ。貨幣を稼ぎ出すことを目的とする企業は、それ自体がいいとか悪いとかというものではない。もちろん、その稼ぎ方や貨幣の使い方に善し悪しはあるにせよ。

この十五年、私たちの企業観は大きく揺れ動いてきた。企業は誰のために存在するのか、利益を追求することはいいことなのか。アングロサクソン型の企業の考え方と、いわゆる日本的経営・日本的企業観以外にも、世界にはさまざまな企業についての考え方、貨幣についての考え方、労働についての考え方があることがわかってきた。企業とは何か、と問うたところで、解答はひとつだけではないだろう。普遍的な解は存在せず、いつもあるのは特殊解だけだ。

私憤から出発し、それを公憤に変え、やがては鵺《ぬえ》のように生きていく小野里英一を、誰も否定したり軽蔑することはできない。まあ、真似したくてもできないけれど。

――フリーライター

この作品は二〇〇〇年五月講談社より刊行された
『取締役会決議』を改題したものです。

MBO

マネジメント・バイアウト

牛《うし》島《じま》信《しん》

平成15年10月10日　初版発行
平成19年4月5日　4版発行

発行者――見城徹
発行所――株式会社幻冬舎
〒151-0051東京都渋谷区千駄ヶ谷4-9-7
電話　03(5411)6222(営業)
　　　03(5411)6211(編集)
振替00120-8-767643
印刷・製本―中央精版印刷株式会社
装丁者――高橋雅之

幻冬舎文庫

ISBN4-344-40440-8　C0193　う-2-4